KB094956

달빛
조향사

달빛 조향사 3

가프 현대 판타지 소설

초판 1쇄 찍은 날 § 2021년 4월 21일
초판 1쇄 펴낸 날 § 2021년 4월 28일

지은이 § 가프
펴낸이 § 서경석

총괄팀장 § 노종아
편집책임 § 신나라
디자인 § 스튜디오 이너스

펴낸곳 § 도서출판 청어람
등록번호 § 제387-1999-000006호
등록일자 § 1999. 5. 31
어람번호 § 제1-3132호

주소 § 경기도 부천시 부일로 483번길 40 서경B/D 3F (우) 14640
전화 § 032-656-4452 팩스 § 032-656-4453
http://www.chungeoram.com
E-mail § chungeorambook@daum.net

ISBN 979-11-04-92338-8 04810
ISBN 979-11-04-92324-1 (세트)

도서출판 청어람

가프

현대 판타지 소설

달빛 조향사

3

MODERN FANTASTIC STORY

달빛 조향사

목차

제1장. 괴물 인턴 • 007

제2장. 무한 버닝이라는 것 • 107

제3장. 조향 대가와의 해후 • 165

제4장. 위상 폭등 • 209

제5장. 지상파를 장악하다1 • 267

제1장

괴물 인턴

이 작품은 '픽션'입니다. 오직 '소설'로만 읽어주시기 바랍니다.

"강은비."

"네?"

긴장하던 강은비가 발딱 고개를 들었다.

"과 대표로서 대신 발표하세요."

라파엘이 봉투를 넘겼다. 강은비의 인상이 살짝 구겨진다.

바스락.

봉투가 열리는 동안에도 모두의 시선은 떨어지지 않는다. 살얼음 같은 긴장감 위로 마침내 흰 종이가 빠져나왔다.

"……!"

그걸 본 은비 표정이 돌덩이처럼 굳어 버렸다.

"뭐야?"

"왜 저래?"

학생들이 수군거린다. 그제야 은비의 목소리가 간신히 단어 하나를 더듬는다.

"옴… 니스."

옴니스.

"엉? 우리?"

상미가 자지러졌다.

"진짜 우리야?"

다인도 귀를 의심한다.

"강토야."

맏형 같은 준서 역시 놀라기는 마찬가지였다.

"강은비, 한 번 더 읽어 줘야겠는데?"

라파엘이 은비를 바라보자 재차 호명이 되었다.

"옴니스."

"아싸."

"아자, 아자."

확인과 함께 다인과 상미가 폭발했다. 둘은 서로를 껴안은 채 깡충거리며 어쩔 줄을 몰랐다. 그러고는 강토를 향해 방향을 튼다.

"강토야."

다인과 상미, 준서까지 합세해 강토에게 달려든다. 그건 거의 압사에 가까운 포옹이었다.

"레알 말이 돼? 우리가 라파엘 장학금을 먹다니?"

"이거 실화야?"

"아, 씨, 라파엘 장학금이 왜 여기서 나와?"

멤버들이 자지러진다. 그들 셋을 아우르며 강토가 속삭였다.

"그럼 사양할까?"

"그건 안 되지."

멤버들이 정색을 하며 소리쳤다.

"옴니스, 축하해."

"축하한다."

가까이 있던 우비강과 프란시스 스터디가 몰려와 강토네 등짝을 두드린다.

"자자, 실험실 안이니까 그만들 진정하고."

라파엘이 적당한 시점에서 브레이크를 밟았다.

"옴니스 리더 앞으로 나오세요."

"강토야."

다인과 상미는 주저 없이 강토를 밀었다.

"리더 바뀌었나?"

라파엘은 알면서도 묻는다.

"네, 바뀐 지 오래되었습니다."

다인이 목청껏 대답했다.

"옴니스, 윤강토, 배상미, 권다인, 박준서."

"……."

"제 장학금은 이번이 세 번째입니다. 많지 않은 금액이지만 여러분의 조향 공부에 기폭제가 되기를 바라며 조달하고 있는데 이번 지급은 저도 놀랍고 행복합니다. 조향이라는 진한 안개 속에서 헤매다 길을 찾아 나온 우리 옴니스 말입니다."

라파엘은 숙연했으니 모두가 귀를 기울였다.

"윤강토와 배상미, 모두가 알다시피 후각이 약합니다. 그럼에도 열심히 하는 모습이 사실 눈물겨웠죠. 그런데 이제 그 노력이 열매를 맺어 후각도 좋아지고 조향에도 눈을 뜨니 이거야말로 불후의 명작 향수보다 향기로운 일이 아닐 수 없습니다."

"……."

"이번 학기의 기적, 우리 모두가 함께 지켜보고 확인한 옴니스의 발전과 분투에 다시 한번 박수를 부탁합니다."

짝짝.

"와아아."

라파엘의 말에 모두가 공감이다. 특히 우비강과 프란시스 등의 스터디들이 그랬다. 조향장학금이라면 당연히 자기들 몫으로 알고 있던 F5에 대한 경종을 반기는 것이다.

"축하하네. 향수 공부에 도움이 되는 장학금이 되기를 바라네."

“꼭 그렇게 되도록 하겠습니다.”

라파엘의 장학 증서가 강토에게 건너갔다.

짝짝짝.

또 박수가 쏟아진다.

1학기의 마지막 날, 대반전의 역사가 나왔다. 꿈도 꾸지 못하던 라파엘 장학금을 수령한 것이다. 무려 1,000만 원이다. 액수 따위는 문제가 아니었다. 만년 꼴찌 스터디의 불명예를 날려 버렸다는 게 더 중요했다.

“교수님, 감사합니다.”

강토가 답례하는 사이에 목덜미가 섬뜩하도록 시원해졌다.

“나폴레옹처럼.”

열혈 소녀 상미가 오늘의 향수를 강토 목덜미에 부은 것이다.

“와아아.”

그런 다음에 다시 서로를 붙잡고 감격을 누린다.

이제 종강이다.

F5 멤버들은 가방을 들고 퇴장한다. 기분이 상했는지 종강 인사조차 없다. 퍼퓸펜타도 그 뒤를 따른다. 그렇거나 말거나 상미의 만행은 멈출 줄을 몰랐다. 남은 향수는 다인과 준서에게, 그래도 남은 방울은 자기 머리에 부었다. 상미가 저렇게 좋아하는 건 처음이었다. 그래서 웃었다. 진짜 나폴레옹처럼, 장미 향수 목욕한 셈 치면 그만이었다.

"강토 형."

"강토 오빠."

우비강 멤버들이 다가왔다.

"개사이다였어. 우리가 장학금 받을 때보다 더 좋더라."

"그래. 시건방 F5 것들 기죽어서 나가는 거 봤어?"

"아오, 그것들 자기들이 탈 줄 알고 있었던 모양이던데……."

모두가 한마디씩 토한다.

"고맙다."

"인턴도 남경수 강은비랑 같은 데로 간다며?"

"아마."

"거기서도 콱 밟아 줘. 알았지? 아까도 말이야, 톱노트에 많이 쓰는 향 중에서 베이스노트에 쓰는 것들 좀 물어보니까 어찌나 목에 힘을 주던지."

"아무튼 고맙다."

"그럼 인턴 잘하고 오고 2학기 때 보자. 파이팅."

"파이팅."

강토가 인사를 받았다.

"가자. 씨이, 오늘은 내가 쏠 거야."

옴니스 멤버만 남게 되자 상미가 앞장을 섰다.

"그 전에 잠깐."

강토가 그녀 옷깃을 잡았다. 멤버들을 잡아채 라파엘 교수에게 향했다. 얼떨결에 받은 장학금이라 인사도 제대로 하지 못한 것이다.

그런데.

라파엘의 연구실 안에서 낯익은 목소리가 흘러나왔다.

"제가 그렇게 부탁을 드렸는데……."

이창길 교수였다.

"외국에서 오신 분이시라 한국의 대학 제도에 대해 다 이해하지 못하시겠지만 이번에 우리 학교가 자칫하면 부실 대학으로 지정될 우려가 있다는 거 아닙니까? 게다가 조향학과 지표가 낮아 대승적인 협력이라도 필요한 시기입니다. 교육부의 이해가 필요하거든요."

"……."

"4년 내내 과 톱을 달려온 학생입니다. 실력도 충분하고 명분도 좋았지 않습니까? 워낙 조향에 출중하시니 생각이 있으셨겠지만 저로서는 유감입니다."

"기왕 이렇게 된 거 지난번에 의견 나눈 건이라도 조기에 결정을 지어 주시면 좋겠습니다. 그래야 학생도 대비를 하죠."

"이 교수님."

라파엘의 목소리는 한참 후에야 나왔다.

"한국의 대학 제도, 제가 잘 모르는 건 사실입니다. 하지만 한 가지는 확실합니다. 제가 주는 장학금은 다른 무엇도 고려치 않고 오직 조향이라는 시각 안에서만 판단합니다. 그건 그

장학금을 후원하는 프랑스 조향 관계자들의 희망이기도 하고요."

"라파엘 교수님, 그걸 모르는 게 아니라……."

"제 대답은 끝났습니다."

라파엘의 답이 끝나자 이창길이 문을 열고 나왔다. 강토네 멤버들은 그가 코너를 돌아간 후에야 모습을 드러냈다.

"감 안 좋네?"

준서가 중얼거린다.

"아오, 저 개쫄보……."

상미가 주먹 감자를 겨눈다.

"자자, 들어가자."

강토가 멤버들을 도닥여 연구소 안으로 밀었다. 이창길 교수의 일은 어찌 보면 새삼스러운 일도 아니었다.

"옴니스."

라파엘의 표정은 여전히 밝았다.

"감사 인사 드리려고요, 종강 인사도요."

강토가 대표로 말했다.

"그건 아까 다 한 거 아닌가?"

"장학금, 다시 한번 감사합니다."

"내가 할 소리네. 내가 준 세 번의 장학금 중에서 가장 가치 있는 장학금이 될 걸로 확신하네."

"감사합니다, 교수님."

상미와 다인의 애교가 작렬한다.

"2학기에는 상미의 분전을 기대해도 될까?"

"네, 열심히 하겠습니다."

상미의 사기는 풀 충전이었다.

"그럼 방학 끝나고 뵙겠습니다."

강토가 마무리를 한다.

"그래. 향 공부 많이 하고."

라파엘의 격려가 1학기의 끝을 알렸다.

"향살향죽."

건배사는 상미가 맡았다. 향수에 살고 향수에 죽는다는 뜻이었다.

"와아, 상미가 쏘니까 더 맛있네?"

다인이 분위기를 살린다.

"다인아, 나 좀 꼬집어 봐. 아니면 막 흔들어 주든지."

"왜?"

"정신 줄 잘 붙어 있나 보게."

"어머, 너 정신 줄 외출하면 계산은 누가 하니?"

"야아."

"성깔 부리는 거 보니 제정신이네. 강토야, 우리 마음 놓고 달려도 되겠다."

"그래. 달려라, 달려. 그래도 나는 행복하니까."

상미 눈이 살짝 붉어진다.

"우냐?"

"오냐, 이 언니 우신다. 나 국가장학금 말고 처음 받는 장학금이잖냐?"

상미 감정이 격해진다.

"……."

"아, 씨… 살다 보니 내 인생에 이런 날도 오네. 윤강토, 너 책임져라"

강토가 감정의 파편을 맞는다.

"내가 뭘?"

"장학금 말이야. 나 인턴 끝나면 그 돈으로 그라스 갈 거야. 가서 너처럼 후각 뚫고 올 거라고."

"잘 생각했다."

"그러니까 너 갔던 코스 똑같이 적어 내. 특히 코가 뚫린 곳. 디테일하게."

"그러지 뭐."

"다인이 너는 뭐 할래?"

상미 질문이 다인에게 넘어간다.

"음… 나는 에센스 좀 사서 내 시그니처 좀 만들어 볼래. 엄마하고 아빠 것도."

"오빠는?"

"천연 향 구입해서 초콜릿 만들어야겠지?"

"강토 너는?"

"글쎄, 하고 싶은 게 너무 많아서 뭘 해야 할지 모르겠네? 천연 향도 만들고 싶고, 좋은 에센스도 사고 싶고, 아니, 증류기하고 유지 짊어지고 어디 천국의 꽃밭이라도 다녀오면 좋겠다."

"됐고, 천국이고 나발이고 일단 오늘은 마셔라. 너 제정신으로 가면 죽을 줄 알아."

상미가 따른 술은 넘치고 또 넘쳤다.

"괜찮냐?"

다인과 준서가 돌아간 후에 강토가 물었다.

"끄떡없음."

상미가 물을 들이켰다.

"술 그렇게 마시는 거 처음 봤다?"

"왜? 나는 술 좀 마시면 안 되냐?"

"아니, 내가 모르는 상미가 신기해서."

"너도 내가 몰랐던 강토거든."

"긴장되냐?"

"인턴?"

"응."

"솔까 그렇지 뭘."

상미가 볼멘 표정을 짓는다.

"편안하게 가자. 어차피 자잘한 일 말고 더 시키겠어? 심부름이라든가 자료 정리, 아니면 향료 정리나 청소 같은 거?"

"그렇긴 한데 남경수하고 강은비도 가는 거라서."

"걔들은 걔들이고 우린 우리야."

"하지만 그것들한테는 지고 싶지 않거든."

"그럼 이기면 되고."

"하지만 내 코가……."

"코는 내가 빌려줄게."

"진짜?"

"그래. 그러니까 편안하게 좋은 경험 쌓으러 간다 생각해."

"그래도 인턴 성적 좋으면 취업도 가능하다고 하던데……."

"누가?"

"F5 애들이……."

"아네모네 들어가고 싶냐?"

"되면 좋지. 연봉도 세다던데……."

"……."

"……."

"그라스는 진짜 갈 거냐?"

강토가 화제를 돌렸다.

"가지 말까?"

"아니, 가."

"진짜?"

"거기 아니더라도 유럽 한번 가고 싶다며?"

"하지만 경비가 장난 아니잖아."

"눈 딱 감고 질러 버려. 라파엘 장학금 안 탔다고 생각하면 되잖아?"

"그렇지?"

"내 생각인데 그래도 다녀오면 도움이 될 거야. 맨날 동경만 하는 것보다 백배 낫지 않겠어."

"막상 가려니까 주제넘은 거 같아서……."

상미가 웃프게 웃었다.

"네가 뭐 어때서? 대한민국 최고 열혈인데?"

"진심이냐?"

"응."

"그럼 너 믿고 나 예약 지른다?"

"응."

"고마워."

"뭐가?"

"솔까 라파엘 장학금 네 덕분이지 뭐. 너 아니면 우리가 무슨 수로 이걸 받아?"

"옴니스가 나 혼자냐? 너랑 다인이, 준서 형이 도와줬으니까 가능한 거지."

"짜식, 꼭 성격은 꼭 아쿠아마린같이 시원해 가지고……."

상미가 강토의 목을 감는다.

술김이라 더 용감해진 모양이다.

“야야, 목 아프다. 그만하고 월요일에 아네모네 앞에서 보자.”

강토가 일어설 때였다. 스크린이 훤해지더니 과 공지 문자가 들어왔다.

“뭐지?”

상미도 들어온 모양이다. 그녀가 먼저 문자를 확인한다.

[인턴 대상자들 복장 단정, 아네모네 인턴 선발자는 당일 8시 40분 00역 1번 출구에서 이창길 교수님의 인솔을 받을 것]

“뭐야? 이 교수님이 우리랑 같이 간다는 거야?”

상미 인상이 구겨진다. 좋을 리가 없다. 같이 가는 남경수와 강은비는 그의 애제자들. 게다가 라파엘의 연구소에서 반갑지 않은 말까지 들었던 차였다.

이창길이 정치적(?) 목적으로 동행하는 건 안 봐도 알 수 있었다. 학생들을 잘 부탁한다는 명목하에 유쾌하 실장 등과의 유대 관계를 넓히고 생색도 내려는 것이다.

“신경 끄고 우리 할 일만 하자.”

강토가 상미를 달랬다.

팩트는 화장품 회사 조향실 인턴이었다. 다른 건 몰라도 조향이라면, 이창길 교수의 인턴이 된다고 해도 버틸 자신이 있었다.

* * *

"북엇국."

수건을 던지고 식탁에 앉았다. 냄새만으로도 아침 메뉴를 아는 강토였다.

"후추 추가?"

할아버지가 묻는다.

"흠흠, 향이 진한 걸 보니 어제 새로 간 거네요? 콜."

"계란은 어떠냐? 방 시인이 준 건데?"

"진짜요? 어쩐지 비린내가 안 나더라니… 아, 할아버지, 그런데 참기름은 새 병으로 따세요. 산패가 온 것 같아요."

"아이고, 이놈이 후각 돌아온 건 좋은데 덕분에 잔소리 오지네."

할아버지가 새 참기름 뚜껑을 열며 엄살을 떨었다.

"잘 먹겠습니다."

강토가 수저를 들었다.

"오늘부터 인턴 간다고?"

"네."

"안 떨리냐?"

"떨어야 하는 건가요?"

"라떼는 그랬다."

"우와, 우리 할아버지 라떼 그 말 어디서 들었어요? 혹시 방 시인님?"

"이놈은 뭐만 나오면 방 시인하고 엮네? 최신 유행어 유튜브 좀 봤다, 이놈아."

"오옷, 그런 것도 보세요?"

"어쩌겠냐? 혹시라도 방 시인이 물어보면……."

"오오, 우리 할아버지, 역쉬 여자한테 약하시구나?"

"얀마."

"조크예요, 조크."

"이놈이 아주 할아비를 놀려 먹으려 드네. 거 뭣이냐 나무수국 있잖냐? 곧 제대로 필 거 같다고 필요하면 얘기하라고 하더라."

"흠흠, 어제 다녀가셨구나."

"뭐야?"

"냄새가 남았잖아요. 어제 오후에 오셨네. 음료는 매실차?"

"허어… 이제 귀신은 속여도 너는 못 속이겠구나."

할아버지가 두 손을 들었다.

"어때요? 죽여줘요?"

정장을 입고 나와 할아버지 품평을 요청했다. 현역 화가다 보니 패턴이나 색감에는 일가견이 있었다.

강토와 할아버지는 원래 드레스 코드에서 자유로웠다. 그러나 이창길의 옵션인 데다 그가 온다고 하니 마지못해 갖추는 것이다.

"좀 구린데?"

"진짜?"

"너 말고 옷 말이다. 그거 대체 언제 적 스타일이냐? 새로 한 벌 살 걸 그랬잖냐?"

할아버지가 금세 심각해진다. 혹시라도 강토가 옷 때문에 꿀릴까 봐 걱정이 되는 모양이었다.

"괜찮아요. 오늘 한 번만 입을 건데 뭐."

"안 되겠다. 끝나고 오는 길에 옷 한 벌 사 입고 와라."

할아버지가 현금을 지른다.

"땡큐, 현찰은 언제든 고맙습니다."

두말하지 않고 받았다. 이래야 할아버지가 좋아한다.

"모자라면 더 줄 테니까 좋은 걸로 사 입고 와."

문을 나서는 강토에게 애정 어린 잔소리가 따라온다. 골목을 돌아 나오다 방 시인의 집을 바라보았다. 키가 훤칠한 나무수국이 보인다. 눈부시게 맺혀 가는 흰 꽃이 마치 하얀 면 사포를 연상시킨다.

'유지 부탁해야겠다.'

수국을 보니 정유 욕심이 난다. 그러다 보니 마장동 생각이 났다. 꽃은 조향사를 기다려 주지 않는다. 조향사의 재산은 꽃과 식물 등에서 채취한 좋은 정유(精油)다. 놓치고 싶지 않았다.

"안녕하세요? 저 윤강토인데요?"

지하철로 달리며 통화를 했다.

그사이에도 수많은 냄새 분자들이 코를 스쳐 간다. 질주하던 강토 발길이 유모차 앞에서 멈췄다. 참을 수 없는 유혹의 새로운 냄새 분자였다.

흠흠.

천진난만에 순진무구한 아기의 향이다.

솜털보다 부드러우면서 포근하다. 샤워하고 싶을 정도로 감미로운 선율이랄까? 한마디로 설명하기 어려울 정도로 아련하고 파우더리한 평안함.

좋았어.

복잡한 도시 냄새에 섞인 아기의 순진무구를 차곡차곡 기억에 찔러 두었다.

아주 좋았어.

[윤강토, 어디냐?]

지하철에서 내릴 때 상미 카톡이 들어왔다.

[다 와 감]

[나는 지금 막 도착함]

[나도 지금 에스컬레이터 올라가는 중임]

"……?"

에스컬레이터에서 내려선 강토가 뜨악해졌다.

"누, 누구세요?"

상미에 대한 반응이었다.

"뭐야? 이상해?"

원피스 정장을 입은 상미가 화들짝 얼굴을 붉힌다.

"아니, 웬 아이돌이 왔나 해서."

"죽을래?"

철퍼덕.

손바닥 테러가 날아들었다.

"사진 찍어서 단톡방에 올려야겠다. 다인이하고 준서 형 좀 뒤집어지라고."

강토가 핸드폰을 들이대자,

"됐거든."

상미가 두 손으로 핸드폰을 막았다.

"왜? 좋기만 하구만."

"좋기는? 굽 높은 거 신었더니 발목도 아프고 어색해서 죽겠단 말이야."

상미가 울상이 된다.

"흐음, 이제 보니 내가 모르는 상미가 너무 많네?"

"됐고요. 가기나 하시죠."

상미 손이 출구를 가리켰다.

"아직 안 왔네?"

밖으로 나온 상미가 강토를 돌아보았다. 출구 앞에는 아무도 없었다.

"오겠지, 뭐."

강토가 답했다.

그런데…….

약속 시간에서 10분이 지나도 소식이 없다.

"뭐야? 시간은 맞는데? 자기들끼리 먼저 간 거 아냐?"

상미가 조바심을 낸다. 강토도 공지를 확인한다. 약속 시간은 분명 8시 40분이었다.

9시.

강토가 확인 카톡을 날렸다.

[어디냐? 우린 출구 앞에 있는데?]

답이 오지 않는다.

살짝 짜증이 밀려올 때 남경수가 보였다. 에스컬레이터에 오른 것이다. 옆에는 은비가 1+1 서비스 상품처럼 찰싹 붙어 있다. 사람보다 옷이 빛난다. 신상으로 쫙 뽑은 모습이었다.

"대표? 어떻게 된 건데?"

상미가 은비에게 물었다.

"뭐가?"

은비는 미치도록 태연했다.

"약속 시간, 8시 40분 아니었어?"

"어? 언니 몰랐어? 그거 9시 10분으로 바뀌었는데?"

"뭐어?"

"교수님이 연락 안 했어? 아네모네에서 그렇게 안내가 왔다고 하던데?"

은비는 너무나 당연한 표정이었다.

"야, 그럼 우리한테도 알려줬어야지?"

"난 또 교수님이 연락하시는 줄 알았지."

"야, 이 연락 담당은 너잖아?"

"미안. 돌발이라 교수님이 연락하는 줄 알았어. 게다가 나도 준비할 게 많아서 말이지."

은비와 경수는 별것 아니라는 표정이다. 그렇게 대꾸하고는 각 노트의 사진을 외우느라 바빴다.

"야, 강은비, 그래도 이건 아니지."

상미가 살짝 열받을 때 이창길의 차가 다가왔다.

"교수님."

은비와 경수 목소리가 시트러스 노트보다 경쾌하게 날아간다.

"타라."

교수가 말했다. 경수가 조수석이고 나머지는 뒷좌석에 올랐다. 상미의 불만은 그렇게 봉합되고 말았다.

아네모네의 주차장에서 내렸다. 이 교수가 드레스 코드 체크에 나선다.

"좋군. 단정하고."

경수와 은비는 마음에 드는 표정이다. 둘의 정장은 최신상이었고 명품에 가까웠다.

하지만.

"……"

상미와 강토는 그렇지 않았다. 그저 단정할 뿐이다. 쓴 물을 삼킨 이 교수가 핸드폰을 뽑아 들었다.

"교수님."

보안 문이 열리자 여직원이 달려 나왔다. 유쾌하 실장 밑의 오연지 팀장이었다. 이창길을 끔찍스럽게도 챙긴다.

"안녕하세요? 팀장님."

경수와 은비가 먼저 인사를 했다. 이미 안면이 있는 모양이었다. 강토도 상미와 함께 꾸벅 인사에 동참했다.

"유 실장님이 부재라고?"

회의실 안에서 이 교수가 물었다.

"네, 어제 갑자기 향료 문제로 일본에 가시게 되었어요. 마요트에서 오기로 한 일랑일랑 앱솔루트 분량에 문제가 생겼거든요. 이삼 일 지나면 들어오실 거예요."

"그쪽 일랑일랑은 아직도 프랑스 애들이 싹쓸이하나?"

"그렇죠 뭐."

"아, 그 친구들도 참… 아네모네 상황은 어때? 신상품 반응들이 괜찮은 거 같던데? 소라 향을 베이스로 깐 아쿠아, 그거 오 팀장 작품 아니야?"

"아유, 교수님은 못 속이겠네요. 제가 주도하긴 했지만 유 실장님이 마무리하셨어요. 게다가 국내시장은 대충 버티는데 해외는 어렵네요."

"한국적인 노트도 개척 중이라며?"

"그건 진행 중이고요. 이제 겨우 시제품 만들어 보고 있어요."

"겸손은… 오 팀장 정도면 이제 마스터급이야."

"교수님 향수 작업은 어떠세요?"

"오 팀장 체면 봐서라도 목숨 걸고 하고 있어."

"일본에 있을 때 교수님께 더 배웠어야 했는데… 교직으로 가시는 바람에… 아쉬워요."

"아무튼 우리 학생들, 한 달 동안 잘 좀 부탁해."

"그냥 알바로 보내시지 그랬어요? 경수하고 은비는 제가 부를까 생각 중이었는데?"

"그랬어?"

"네 명이나 되네요?"

오 팀장의 시선이 강토와 상미에게 건너왔다. 미묘한 거부감이 깔린 시선이었다.

"나도 둘만 보내려고 했는데 유 실장님이 따로 요청하는 바람에……."

"우리 실장님, 일일 강의 다녀오시더니 학생들 좀 구제해 주고 싶으셨나 보네요."

"그럼 나는 이만 가볼게. 유 실장님 오면 인사 좀 전해 주고."

"알겠습니다."

오 팀장이 이 교수를 배웅한다. 강토와 상미 등도 일어나 가벼운 인사로 예를 표했다.

"다들 졸업반?"

배웅을 마친 오 팀장이 돌아왔다. 이 교수가 없으니 목소리 톤이 올라간다. 오 팀장은 이 교수가 일본 향료 공업에 있을 때 채용한 조향사였다. 그렇기에 유쾌하 실장의 강의도 오 팀장이 다리를 놓았다. 말하자면 이 교수와 각별하다는 뜻이었다.

"네, 팀장님."

경수가 답한다. 표정부터 목소리까지 공손하기 그지없었다.

"경수 너는 좋은 소식 있는 거 같던데?"

"저요?"

"지보단 말이야. 내년에 트레이니 쓸 것 같던데 학과 추천으로 가게 될 것 같다던데?"

"아직 결정된 것도 아닌데요 뭐."

경수가 얼굴을 붉힌다.

놀라운 뉴스에 상미가 강토를 돌아본다. 강토는 상미의 옆구리를 건드려 표정 관리를 시켰다. 학과 정보에 있어 경수를 따라갈 수 있는 사람은 없었다.

"노트 구분 연습은 많이 했지?"

"네, 간간이 알려 주신 팁이 큰 도움이 되고 있습니다."

"이 차 어때? 민트 티인데 뭐 뭐가 들어갔는지 한번 맞혀 봐."

"음… 마조람에 제라늄… 민트와 세이지요?"

"와우, 하나 더."

"잠깐만요. 이 향은……."

'클레리.'

강토는 이미 답을 알고 있었다. 그러나 질문이 경수를 지명하고 있으니 끼어들지 않았다.

"클레리?"

경수가 답을 짚어 냈다.

"빙고."

오 팀장이 손바닥을 내민다. 경수가 하이 파이브를 쳐 준다. 둘이 너무 친해 보여 바라보는 강토와 상미가 민망할 지경이었다.

"차 샘."

오 팀장이 인터폰을 눌렀다. 그러자 연구원 차현서가 들어왔다.

"오늘부터 한 달 동안 인턴 할 학생들이거든. 그 두 명은 차 샘이 좀 책임져."

"저는 백 샘이 실장님 따라 외국 가는 바람에 혼자 향 포집 나가야 해서 바쁜데……."

"그러니까 인턴 붙여 주는 거잖아? 전에 여기 경수도 쏠쏠하게 도움이 되었거든."

"……."

"뭐 해?"

"알았어요. 거기 두 명, 따라와."

차 선생이 돌아섰다. 강토와 상미는 자동으로 그 뒤를 따랐다.

"실습복 가져왔어?"

"네."

"큼큼."

차 선생이 후각의 날을 세운다.

"냄새 체크하는 거야. 향 포집하려면 자극적인 식사도 곤란하거든. 일단 합격."

"……."

"향 포집 끝날 때까지는 마찬가지야."

차 선생이 강조한다. 졸지에 아침까지 굶게 되었다.

"네."

"저기 가서 실습복으로 갈아입고 나와."

차 선생이 탈의실을 가리켰다. 상미가 먼저 갈아입고 나오자 강토가 그 뒤를 이었다.

"여긴 추출실, 여긴 조향실, 여긴 분석실, 여긴 샘플실……."

조향 방 소개는 번갯불에 콩을 볶았다. 샘플실과 분석실 장비들에 관심이 가지만 눈요기할 시간도 되지 않았다.

"향 채취 실습해 봤어?"

"네."

질문이 나오자 상미가 답했다.

"어떤 거?"

"앙플라쥐, 매서레이션, 용매추출까지요. 이산화탄소 추출법은 이론으로만 배웠습니다."

상미가 쭉 질러 간다. 강토는 끄덕 고갯짓으로 상미의 기를 살려 주었다.

"윤강토? 헤드 스페이스 향기 포집법이라고 들어봤어?"

실습복의 이름을 확인한 차 선생이 강토를 바라보았다.

"꽃 옆에 지지대 같은 걸 세우고 기구를 씌워서 향을 모으는 방법입니다."

"오, 공부들 좀 하고 왔는데?"

"……."

"이제부터 그걸 하러 갈 거야. 나머지는 현장에 가서 설명한다. 이거 좀 들어."

차 선생이 박스들을 가리켰다. 향을 포집하는 '꽃 헬멧'이었다.

차 선생의 차는 멀지 않은 곳에서 멈췄다. 농원이었다. 곳곳에 비닐하우스가 지천이었다. 몇 곳은 비닐을 걷었고 또 몇 곳은 그렇지 않았다.

"여기야."

차 선생이 가리킨 곳은 중간 크기의 하우스였다. 문을 열자 흰 물결의 꽃밭이 펼쳐졌다.

"와아."

상미 입이 쩍 벌어진다.

"무슨 꽃인 줄 알겠어?"

"술패랭이꽃요."

대답은 강토가 했다. 술패랭이꽃은 일반 패랭이와 다르다. 게다가 여긴 흰 꽃이었다. 갈래갈래 갈라진 꽃은 마치 새의 깃털처럼 환상적이었다.

연꽃을 천년의 꽃으로 꼽는다면 패랭이꽃은 만년의 꽃이었다. 실제로 패랭이꽃의 일종인 '실레네 스테노필라'가 시베리아의 동굴에 3만 2천 년 만에 발견되기도 했으니 영생의 신비가 아닐 수 없었다.

"좋아. 다들 후각 좋지?"

흰 가운을 걸치며 차 선생이 물었다. 상미의 표정이 거기서 굳어 버렸다.

"술패랭이꽃 동은 세 개야. 여기가 첫 번째 동인데 제일 먼저 할 일은 가장 향이 강한 아이템을 찾아내는 거야. 이제부터 제철이거든. 향이 약하면 포집 시간이 오래 걸려. 자칫하면 밤을 새워야 할지도 모르고."

"……."

"이거 본 적 있어?"

차 선생이 꽃 헬멧을 꺼내 들었다. 둥근 플라스크를 닮은

형태였다.

"향이 강한 걸 찾으면 지지대를 세우고 포집기를 씌워야 해. 과정은 꽃 헬멧의 틈을 밀봉하고 헬멧의 구멍에 폴리머 막대를 꽂아 호스를 연결하면 돼. 그러면 호스에 연결된 펌프가 돌아가는데 그때 하얀 폴리머 막대에 향이 흡착되는 원리야."

"……."

"그럼 어떤 술패랭이 향이 강한지 한번 찾아봐. 나보다 강한 걸 찾으면 내가 점심 사 준다. 아, 필요하면 먹어 봐도 돼."

흰 가운 소매를 걷어붙인 차 선생이 향기 탐색에 돌입한다. 몇 송이를 따기도 하고 코를 들이대기도 한다. 상미도 그 뒤를 따라 열심이다.

강토는 심호흡부터 했다. 후각을 한껏 열어놓자 패랭이꽃 향보다 쿠리한 냄새가 먼저 들이쳤다. 퇴비 냄새와 흙냄새에 다른 향기까지 겹치니 냄새는 거의 악취에 가까웠다.

복잡한 냄새 분자 속에서 술패랭이꽃의 향을 골라낸다. 향도 꽃처럼 가지를 치고 나온다. 보드란 솜털 같은 꽃잎처럼 한없이 은은하다.

향의 갈래를 잡아냈지만 강토 발은 앞으로 나가지 않았다. 시선은 오히려 다른 방향에 있었다.

강토야.

상미가 손짓으로 강토를 부른다. 저렇게 서 있으니 불안해진 것이다. 그걸 차 선생이 보고 말았다.

"거기, 왜 그러고 있는 거야? 향이 좋은 꽃 찾아보라고 안 했어?"

차 선생 목소리에 작은 날이 선다. 그렇잖아도 관리하기 귀찮은 한 달짜리 학생 인턴. 오자마자 제멋대로 구니 짜증이 나려는 참이었다.

그런데.

강토의 대답은 더 가관이었다.

"죄송하지만 이 안에는 향이 좋은 술패랭이꽃이 없습니다."

*　　　*　　　*

"응?"

"……."

"너, 지금 뭐라고 그랬어?"

차 선생 시선이 강토에게 날아왔다.

"이 안에는 선생님을 만족시킬 만한 향을 가진 술패랭이가 없다고 했습니다."

"쟤, 뭐라니?"

차 선생이 상미를 바라보았다.

"그게……."

상미 표정이 구겨졌다.

"강토가 후각이 좋아요."

기가 죽지만 변론만큼은 잊지 않는다.

"후각? 니들이 지금 내 앞에서 후각 논할 포지션이니?"

"……."

할 말이 없었다. 그녀는 존경해 마지않는 현역 조향사가 아닌가?

"인턴 하기 싫으면 가도 돼."

핏대 오른 그녀가 바로 폭탄선언을 날렸다.

"네가 보기엔 이 일이 우습지?"

"……."

"그런 생각 있으면 조향사 될 생각은 하지 마. 천연 향과 똑같은 분위기의 합성 향을 만드는 게 얼마나 어려운 일인지 알아? 여기 있는 꽃을 다 체크해서라도 좋은 향을 찾을 수 있다면 그렇게 해야 하는 게 조향사야."

"……."

"어휴, 관두자. 인턴을 붙잡고 무슨 뻘짓이람. 오늘 야근까지 할 생각 하다 보니 내가 맛이 좀 갔나 보다. 하기 싫으면 거기 얌전히 서 있어. 신경 쓰이니까."

차 선생의 시선이 다시 술패랭이꽃으로 돌아간다. 분위기가 차가워졌다. 그래도 그녀는 조향사다. 금세 잊고 향에 몰두한다. 그러다 겨우 마음에 드는 향 하나를 찾아낸다.

"그래도 약하네… 그제 포집했어야 하는데… 얘……?"

강토를 부르던 차 선생 인상이 다시 구겨졌다. 강토가 사라진 것이다.

"뭐야? 진짜 간 거야?"

"아니에요."

상미가 손사래를 쳤다. 그럴 강토가 아니기 때문이었다.

"하여간 요즘 애들……."

그녀가 몸서리를 칠 때 강토가 돌아왔다.

"어딜 갔다 온 거야? 거기 기구 좀 가져와 봐."

차 선생이 꽃 헬멧을 가리킬 때였다. 강토가 다가와 술패랭이 흰 꽃 하나를 내밀었다.

"선생님."

"뭐야?"

"이 꽃이 선생님이 찾으시는 향일 것 같아서요."

"뭐어?"

발끈하던 차 선생의 얼굴이 그대로 굳어 버렸다. 강토가 술패랭이꽃을 코에 들이민 것이다.

"죄송합니다."

꽃을 건네준 강토가 물러선다. 그러고는 그녀의 지시대로 기구 하나를 가져와 가까이 놓았다. 차 선생은 술패랭이꽃을 받아 든 채 굳어 있었다. 하지만 향이 그녀 코를 그냥 두지 않는다. 지상에서 감출 수 없는 두 가지.

사랑하는 마음과 냄새.

그중 하나가 그녀 앞에 있는 것이다.

"……?"

향을 맡은 그녀가 골똘해졌다. 향의 위엄이 달랐다. 아련한 다른 향과 달리 코를 쪼며 후각망울까지 단숨에 끼쳐 온다. 이 안의 꽃들이 이슬비라면 이 꽃의 향은 소낙비였다.

"저쪽 끝의 하우스 쪽에서 따 왔습니다."

눈치를 차린 강토가 출처를 밝힌다.

"하지만……."

차 선생 인상이 다시 구겨진다. 향 포집은 꽃이 핀 채로 하는 것이다. 기막힌 향이지만 따 버리면 곤란해진다.

인턴의 한계.

아쉬움이 한숨으로 나올 때였다.

"몇 송이 더 있어요."

그 마음을 알아차린 강토가 기구를 챙겨 들었다. 차 선생이 상미를 바라본다. 상미는 머쓱한 웃음으로 강토를 지지했다. 차 선생은 속는 셈 치고 강토 뒤를 따랐다.

"……?"

앞서 걷던 강토가 돌아보았다. 차 선생이 멈춰 버린 것이다. 그럴 수밖에 없었다. 술패랭이꽃 재배장은 세 곳이었다. 그 세 곳을 강토가 다 지나쳐 버리고 말았다.

"저기거든요."

강토 손이 목표물을 가리켰다. 마지막 재배장 경계 너머의 공간이었다. 몇 개 날아간 종자가 거기서 꽃을 피웠다. 그사이에도 벌이 두 마리나 날아들어 열일 중이니 할 말이 없었다. 벌과 나비가 꼬이는 꽃이라면 거의 무조건 합격이었다.

차 선생이 다가와 향을 맡는다.

"와아."

단숨에 입이 벌어진다. 조금 전에 맡은 향보다도 더 강력한 냄새였다.

"몇 개 중에서 가장 약한 향으로 땄거든요. 좋은 건 향을 포집해야 할 것 같아서요."

강토가 기구를 내려놓았다. 차 선생은 할 말이 없었다.

"아까 화내서 미안."

차 선생이 수습에 돌입한다. 그런 다음 지지대를 세우고 향 포집에 들어간다. 꽃 헬멧을 씌우는 손길이 너무나 노련하다. 표정 또한 즐겁다. 넓은 술패랭이꽃의 바다에서 우월한 향을 찾는 건 쉬운 일이 아니다. 대충 하나를 택하게 되면 실험을 그르칠 수도 있었다. 하지만 오늘 이 꽃의 향은 거의 완벽했으니 콧노래가 저절로 나올 지경이었다.

"약속대로 점심은 내가 쏜다."

차 선생 기분은 180도 변해 있었다.

"먹어."

차 선생이 쌀국수를 권했다. 원래는 근처 유명한 맛집으로 갔는데 점심시간이라 줄이 너무 길었다. 그래서 대타로 들른 곳이었다.

"고수는 싱싱한데 숙주는 별로네? 숙주는 푹 담갔다가 먹어."

차 선생은 아침과는 딴판으로 변했다. 강토 때문이었다. 술패랭이꽃의 개가 이후 또 한 건을 올렸으니 바로 만병초 향 포집이었다.

그 향은 재배장에 도착한 지 1분도 안 되어 찾아냈다.

한 번 더?

차 선생이 말하자마자 강토가 몇 걸음 걸어가 멈춘 것이다.

"대박."

차 선생 눈이 휘둥그레졌다. 만병초는 원래 향이 진하다. 오죽하면 7리를 간다고 7리 향이라고 불린다. 그러나 강토가 골라낸 그 꽃은 70리는 갈 것 같았다. 몇 군데 포인트를 체크하고 벌이 아른거리는 꽃까지 확인한 차 선생이 강토가 찜한 만병초에 꽃 헬멧을 씌웠다. 만병초도 흰색이었으니 꽃물결에 연한 핑크가 꿈결처럼 아롱거렸다.

"잘 먹겠습니다."

강토와 상미가 합창을 했다.

"윤강토?"

면발과 함께 고수를 집어 든 차 선생이 운을 떼고 나왔다.

"네?"

"우연 아니지?"

"네?"

"아까 꽃 찾아낸 거 말이야. 학생 같지 않아서 말이야."

"집중하다 보니 냄새가 맡아졌습니다."

"겸손하긴. 상미 말이 후각이 장 폴 겔랑급이라고 하던데?"

"장 폴 겔랑은 제 장래 희망이죠."

"아무튼 죽으라는 법 없네. 같이 일하던 백 샘이 없어서 죽었다 하고 있었는데… 게다가 인턴까지 관리하라니 짜증이 좀 났었어."

"죄송합니다."

"내가 지금 사과하는 거야. 학생들에게 괜한 갑질 한 거 같아서……."

"……."

"내일 저녁에도 실력 발휘 한 번만 더 해 봐. 내가 중요한 일이 있어서 좀 일찍 가야 하거든. 거기까지 성공하면 윤강토 후각 인정한다."

"알겠습니다."

"내일 늦는 만큼 모레 일찍 보내 줄게. 그럼 되겠지?"

"저희는 괜찮습니다."

"괜찮긴. 전에 알바 하나 좀 늦게까지 일 시켰더니 청와대 청원까지 올렸더라. 요즘 애들 무서워."

"……."

"자, 그럼 또 구르러 가 볼까?"

차 선생이 신용카드를 꺼내 들고 일어섰다.

"좋다."

강토가 향을 음미했다.

"나도."

상미가 손을 내민다. 강토가 올리브오일에 젖은 리넨을 내민다. 안에는 만병초 꽃이 몇 송이 묻어 있었다.

"와아, 냄새 제대론데?"

상미도 코를 킁킁거린다.

"제대로 느껴져?"

"응. 약하기는 하지만 그건 내 코 문제니까……."

상미 말을 들으며 생각한다.

헤드 스페이스 향기 포집법.

블랑쉬가 그라스에서 리넨을 이용하던 유지 포집법과 크게 다르지 않았다.

"오늘은 옥잠화……."

강토가 재배장을 바라본다. 절반쯤 걷어 놓은 하우스 비닐 사이로 옥잠화의 흰 물결이 보였다.

"왜 우리 야생화일까?"

강토가 중얼거렸다.

"한국적인 향을 찾으려는 거 아닐까?"

"그렇지?"

"응, 요즘 K팝이다, K방역이다 하니까……."

"그래서 말인데 오늘쯤 향 포집에 대해 질문 나오지 않을까?"

"그래서 나보고 향 포집 공부하고 오라고 했던 거야?"

상미가 촉각을 세웠다.

"꽃 피나 보다."

강토가 코를 들었다. 옥잠화 향이 풍기기 시작했다. 옥잠화는 박꽃이나 하늘타리처럼 밤에 핀다. 햇빛을 싫어하는 꽃 중 하나다. 그렇다고 꼭 밤에만 피는 건 아니다. 오후나 아침까지 피기도 한다.

강토가 옥잠화 재배장으로 들어갔다. 냄새를 따라가는 것이다.

꽃은 피는 순간에 향기 폭탄을 터뜨린다. 그때가 가장 좋은 향을 낸다. 그러나 꽃마다 향 농도의 차이가 난다. 강토 발길은 수많은 옥잠화 중에서도 최고로 향이 강한 꽃 앞에 멈췄다.

"얘구나?"

상미가 눈치를 차렸다. 코박킁을 하더니 그대로 자지러진다.

"내가 맡아도 진하네."

"이것도 감상해 봐."

강토가 건너편의 옥잠화를 가리켰다. 한쪽이 산으로 열리는 위치였다. 그 꽃은 조금 전의 것보다 향이 조금 약했다.

"좋기는 한데 조금 약한 듯?"

상미가 고개를 들 때 차 선생이 들어왔다.

"벌써 피네? 올해는 확실히 작년보다 빨라. 옥잠화가 원래 8월 중하순은 되어야 피는 꽃인데……."

그녀가 다가왔다.

"설마 벌써 찾은 거?"

눈치를 차린 차 선생이 자세를 낮춘다. 향을 맡더니 바로 자지러졌다. 그대로 일어나 다른 꽃으로 향한다. 옥잠화는 옥비녀를 닮았다. 우아하고 가련하다. 한낮보다 기온이 조금 내려가면 향기가 더 진해진다. 안개처럼 대지로 내려가 나풀거린다. 사람이 움직일 때마다.

그 향은 꾸미지 않은 여인의 청순미와 닮았다. 요란하지 않지만 시선을 떼지 못한다. 청순가련을 뜻하는 수선화에 못지 않은 우리 꽃이었다.

"찐 인정."

여기저기 개화하는 옥잠화 향을 확인하고 온 차 선생이 강토에게 엄지척을 날렸다.

"완전 천재네, 천재. 더 고를 필요도 없을 거 같아."

차 선생이 포집 준비를 한다.

"저기, 그런데 선생님."

강토가 조심스레 간투사를 던졌다.

"왜?"

"제 생각에는 그 꽃보다 이 꽃이 더 나을 거 같아서요."

"그 꽃?"

차 선생이 확인에 나선다.

"얘보다는 재가 더 강한데?"

"전체적으로 보면 그런데 핵심 성분 향은 얘가 더 좋은 거 같아서요. 게다가 얘는 산자락에 가까워서 옥잠화 특유의 분위기도……."

"……?"

"죄송합니다."

"아니야. 어차피 필요한 건 핵심 향이니까. 어디 보자, 흠흠."

차 선생이 신중해진다. 이 꽃 저 꽃을 오가며 향을 비교한다. 그러더니 결국은 강토 손을 들어 주었다.

"와아, 너 정말……."

"감사합니다."

"너 향 포집 공부 제대로 했구나?"

"저만 한 건 아닙니다."

강토가 상미를 바라보았다.

"상미도?"

차 선생의 시선이 상미를 겨눈다.

"천연 향 추출 목적이 합성 향을 만들기 위한 건데 핵심 성분이 중요하지만 미량 성분과 함께 분위기도 중요하다고 배웠어요. 옥잠화를 예를 들면 옥잠화를 옥잠화답게 보이게 하는 순백의 배경과 환경, 그리고 계절 같은 변수들요. 사람들이 그 향을 맡았을 때 연상하는 이미지까지 말입니다."

"또?"

"그래서 좋은 합성 향에는 그 향이 나는 곳의 분위기까지 더해야 하는데 그 또한 조향사가 감당해야 할 영역이라고……."

"얘들 장난 아니네?"

차 선생이 웃자 상미가 얼굴을 붉혔다.

헤드 스페이스 향기 포집은 일사천리로 끝났다. 꽃 헬멧을 씌운 지 1시간 40분 만에 종료가 된 것이다.

"기록이다. 이번 주 내내 할 일을 너희 덕분에 이틀 만에 끝냈어."

"……."

"오늘 늦었으니까 내일은 오전에 안 나와도 돼."

"저희는 나오고 싶은데요?"

강토가 답했다.

"뭐 그럼 나와도 상관없고. 굴릴 일은 얼마든지 만들어 줄 수 있으니까."

"알겠습니다."

"그럼 얼른 퇴근해. 오늘 수고했다."

차 선생 목소리가 강토와 상미 등을 밀었다.

"……?"

실습복을 갈아입고 나오다 조향실 앞에서 멈췄다. 구석에 경수가 보였다. 오 팀장과 함께였다. 뭔가 각별한 지도를 받고 있다. 분위기도 좋아 보였다.

"고마워."

밖으로 나오자 상미가 코맹맹이 소리를 냈다. 경수 일은 말하지 않았다.

"뭐가?"

"나 투명 인간에서 벗어나게 해 줘서."

"얘가 벌써 잊었나 보네? 우린 팀으로 왔잖아? 게다가 언어 구사는 나보다 네가 훨 더 낫고……."

팩트 체크로 상미 기 좀 살려 주었다. 상미가 웃으니 강토도 편했다. 좋은 향의 꽃을 찾아내는 것, 강토에게는 일도 아니므로.

"얘들아, 따라와."

다음 날 오전, 11시를 넘자 차 선생이 강토와 상미를 불렀다. 향료 병을 정리하고 먼지를 닦던 둘이 그 뒤를 따랐다.

"우리 향료실."

선반 가득 향료가 가득한 곳으로 차 선생이 들어섰다.

"와아."

강토와 상미가 감탄을 터뜨렸다. 그래도 아네모네다. 유럽의 네임드 회사만은 못하다지만 대한민국 최고의 화장품 회사였다. 그렇기에 향료 또한 엄청난 수준이었다. 특히 상미에게 그랬다.

"엊그제 같으면 여기 구경시켜 줄 엄두도 못 내겠지만 향 포집이 잘 끝나서 시간이 되거든. 게다가 방금 분석실 들렀는데 강 팀장님 말이 이번에 포집한 향의 분자 정성 데이터가 기막히대."

"정말요?"

"그래. 아고, 요 귀여운 것들."

차 선생이 상미 머리카락을 문질렀다. 그녀식의 애정 표현이었다.

"그런데 윤강토."

"네?"

"급 궁금해지네. 너 혹시 이 안의 향료 냄새도 파악 가능?"

"음… 어쩌면요?"

"정말?"

"강토는 가능할지도 몰라요."

상미가 지원사격을 날린다.

"그럼 재스민 한번 찾아봐."

차 선생이 팔짱을 끼고 물러났다. 향료실 안에는 수천 개의 향료병이 가득하다. 들통도 있고 미량의 암갈색 병들도 수백 개나 된다. 분류법은 직원들만 알고 있다. 그러니 처음 들어선 인턴이 쉽게 할 수 있는 일이 아니었다.

하지만.

강토는 1–2초 만에 그 일을 해냈다.

"재스민 앱솔루트, 시스재스민, 메틸 시스재스모네이트네요."

"맙소사."

차 선생이 자지러졌다. 재스민에 관련되는 대표적인 원료 셋을 단숨에 찾아낸 것이다.

"이번에는 샌들우드. 샌들우드 알지?"

"그럼요."

강토가 막 후각을 열 때였다. 향료실 문 쪽에서 날 선 목소리가 날아왔다.

"차 샘, 지금 뭐 하는 거야?"

오 팀장이었다.

"팀장님?"

"하라는 향 포집은 안 하고, 여기가 어디라고 감히 인턴들 데리고 들어와?"

"향 포집 끝났는데요?"

"지금 나랑 장난해? 모레까지 해도 못 할 거 같다고 징징거리더니 뭐? 끝나?"

*　　　*　　　*

"그게, 애들이 잘 도와줘서요."

"인턴들이?"

"네."

"차 샘, 뭐 잘못 먹었어? 인턴들이 뭘 안다고?"

"저도 그렇게 생각했는데 애들이 후각이 굉장해요. 솔직히 저나 백 샘보다도 나은 것 같더라고요."

"차 샘."

"방금 분석실 들렀다 왔는데 분석실장님도 그랬거든요. 이번에 포집한 향 정성 데이터가 우수하다고요."

"진짜야?"

"네."

"잠깐."

돌아선 오 팀장이 벽의 인터폰을 집었다.

"강 팀장, 나 오 팀장인데……."

통화를 하던 오 팀장 표정이 굳는다. 그녀가 수화기를 놓았다.

"거기 둘, 잠깐 나가 있어."

오 팀장이 강토와 상미에게 턱짓을 했다.

"차 샘."

강토와 상미가 나가자 오 팀장이 손가락을 까닥거렸다.

"뭐가 잘못되었나요?"

"잘못되었지."

"……?"

"여긴 직원 외 출입 금지인 거 몰라?"

"알지만 어제 팀장님이 다른 인턴들 구경을 시켜 주시길래……."

"자기가 나하고 똑같아?"

"……."

"걔들 말이야, 그냥 허드렛일이나 시켜."

"예?"

"말귀 못 알아들어? 자료 정리나 향료 정리, 샘플 정리 같은 거하고 청소나 시키라고."

"인턴이라면서요?"

"1+1이야."

"예?"

"내가 데리고 있는 애들 있잖아? 그 둘이 오는 길에 딸려 온 거라고. 결정적으로 평판도 안 좋고……."

"좋은 애들 같던데……."

"오 샘, 내 말이 우스워?"

"그런 뜻이 아니라……."

"내가 크로스체크까지 마쳤어. 특히 윤강토라는 남학생, 잔머리의 달인이라 향수 노트는 물론이고 향료까지 달달 외워서 사람을 감쪽같이 속이는 경우가 많대."

"하지만 향 포집 때 태도 보니까……."

"차 샘, 그냥 시키는 대로 좀 해."

오 팀장이 쐐기를 박는다.

"……."

"알았어?"

"예……."

"오후에 부사장님이 광고모델로 섭외하려고 공을 들이는 연예인 VIP를 모시고 온다는 소식이야. VIP 동선 고려해서 그쪽 청소부터 시켜."

"예."

"아휴, 실장님도 안 계신데 좀 알아서들 하면 안 돼? 일일이 다 체크를 해야 하니……."

오 팀장은 히스테리를 남겨 놓고 멀어졌다.

"윤강토, 배상미."

잠시 후에 차 선생이 다가왔다.

"죄송합니다. 저희들 때문에……."

강토가 알아서 분위기를 맞췄다.

"너희들 잘못 아니야. 우리 팀장님이 워낙 재스민 같은 분이거든."

"예……."

"아무튼 청소 좀 해 줘야겠네. 괜찮겠어?"

"시켜만 주세요."

강토와 상미가 합창을 했다.

"오후에 연예인 VIP가 오신대. 그러면 보통 개발실 전반에 대해 안내를 하게 되거든. 그중에서도 저기 향수샘플실……."

차 선생이 입구의 방을 가리켰다. 온갖 향수와 시제품이 가득한 곳이었다.

"향수와 시제품, 샘플 등이 뒤섞여 있을 거야. 그것 좀 정리하면서 먼지 좀 닦아 줘."

"네."

"팀장님이 좀 깐깐하셔. 끝나면 나한테 먼저 검사 맡고."

"네."

"향수병들이다 보니 주의해야겠지만 고가 희귀품 섹션은 좀 더 조심해. 관리 책임자가 오 팀장님인데 그분이 개발 중인 작품부터 아끼는 게 많으셔."

"네."

"자, 이건 기분 전환용."

차 선생이 비타민 음료 두 캔을 내밀었다.

"감사합니다."

"아, 혹시 향이 너무 궁금하면 몰래 맡아 보는 것까지는 허락. 단 시향지에 뿌리지는 말고 코박킁, 무슨 뜻인지 알지?"

"네, 고맙습니다."

반가운 옵션이 나왔다. 인사와 함께 새로운 미션에 투입되는 강토와 상미였다.

뽁뽁.

꼴꼴.

일단 캔부터 해치웠다.

"그런데 윤강토."

"왜?"

"아까 그거 무슨 뜻이냐? 팀장님이 재스민 같다는 거."

"재스민이 재스민이지 뭐겠어?"

"좋은 뜻으로 한 말 같지 않은데?"

상미가 캐묻는다. 각종 알바로 단련된 눈치가 보통은 아니기 때문이었다.

"진짜 몰라?"

"모르니까 묻지."

"그럼 재스민의 특징을 떠올려 봐."

"재스민? 숲의 달빛? 재스민 없이 완성되는 향수는 없다 같은 거? 그건 너무 좋은 말이잖아? 뉘앙스로 보아 씹는 투였는데."

"잠깐만, 재스민. 어디 있을 텐데?"

강토가 눈을 감는다. 재스민 향수는 가까운 곳에 있었다. 비명은 상미 입에서 먼저 나왔다.

"까악, 저거 오 다드리앙이잖아?"

상미 시선은 황금빛 향수병에서 떨어질 줄을 몰랐다. 색조가 압권인 네임드다. '향수의 오스카상'이라 불리는 FiFi 어워드를 수상하면서 화보 등에도 많이 소개된 작품이었다.

"냄새 맡아 봐도 될까?"

상미 마음은 이미 뚜껑을 열었다.

"차 선생님이 된다고 했잖아."

조심하는 상미를 위해 강토가 대신 뚜껑을 열었다. 향수는 사용한 흔적이 있었다. 허락도 맡았지만 한 번 더 맡는다고 표시 날 일도 없었다.

"시트러스 향이 달콤해."

감동으로 몸을 떤 상미가 강토 코에도 대 준다.

'레몬, 자몽, 오렌지, 만다린, 시실리안에 일랑일랑…….'

포뮬러가 머리에 그려진다. 강토는 자기가 찾은 향수를 집어 들었다. 몬딸의 재스민 풀과 장 파투 조이였다.

"재스민의 특징 물었지? 맡아 봐."

차례로 뚜껑을 열어 상미에게 건네주었다.

"둘 다 재스민이네?"

후각이 약한 상미지만 바로 알아차린다. 다른 향수에 비해 재스민의 특징들이 강한 제품이었다.

"코 떼지 말고 계속……."

"계속?"

"냄새를 숨결로 잡아채면서 지나가 봐. 냄새의 끝에 뭔가 다른 느낌이 딸려 올 거야."

"야아, 내가 너 같은 줄 알아?"

"한번 해 봐."

"이렇게?"

별수 없이 강토 말을 따르는 상미. 표정이 진지해지더니…….

"어머."

결국 뭔가를 알아챘다.

"어때?"

"향이 살짝 달라지는 것 같아. 비누 냄새 같은 거?"

"좋아?"

"그런 것만은 아닌데?"

상미가 고개를 들었다.

"바로 그거야. 재스민은 섬세하고 아름다운 향이지만 애니멀릭한 향도 있어. 좋게 보면 알데히드 비누 냄새 같고 나쁘게 보면 꼬릿한 지린내? 디테일하게 말하자면 천국과 지옥을 다 보여 주는 향이라고 할 수 있겠지."

"아하, 그런 뜻이었구나?"

상미가 비로소 감을 잡았다. 씹는다고 생각했던 느낌의 적중이었다.

30*ml*에 100만 원을 호가하는 까롱 푸아브르도 먹어 보고(?) 그보다 몸값이 더 비싼 에르메스 24 파부르그도 맛을 보았다.

청소도 하기 전에 귀한 향수에 취하는 강토와 상미였다.

"그럼 환경 미화 시작?"

"오케이."

강토가 소매를 걷어붙였다. 청소의 시작은 정리다. 개중에는 소비자들의 시향기도 있고 불어 원서 뭉치도 있었다. 난감한 건 역시 시제품과 샘플들이었다. 어떤 것은 실패작이었는지 미니어처로 수천 병이었고 샘플도 수백 병 단위가 있었다. 그것들을 차곡차곡하게 세우는 것도 일이었다.

희귀 고가 향수가 아닌 것들에도 즐거움이 있었다.

대개가 처음 보는 향수였다.

오 팀장의 취향인지 일본 향수와 분갑 등이 많았다. 일본인들이 가을 향이라고 칭송하는 마타리에다 매화 향을 하트노트로 쓴 향수가 시선을 끌었다. 향에는 국경이 없다. 뭐든 후각망울을 통해 대뇌로 전송을 해 두었다.

"열라 부럽다."

상미가 입술을 삐죽 내민다. 몰입하는 강토를 본 모양이었다.

"백매화 향."

흔하게 맡기 어려운 것들은 상미 코에도 대 주었다.

"이건 유향과 몰약이 동시에 들어간 거 같아. 이런 건 굉장히 보기 힘들다고 라파엘 교수님이 말씀하셨거든."

"키힝, 유향과 몰약……."

상미는 점점 울상이다. 진귀한 향이라고 해도 폭망 후각 때문에 맛만 보는 꼴이다. 산해진미를 앞에 두고도 그림의 떡과 비슷한 격. 그 심정이 오죽할지 알 것 같았다.

"이 향은 진짜 영국의 정원에 온 기분이네? 로즈메리에 라벤더, 회향, 오레가노, 월계수, 주니퍼에 클로브, 그리고 세이지와 타임……."

또 다른 향수를 건네며 강토가 웃었다. 이런 기회라면 개발실 전체를 쓸고 닦으라고 해도 고마울 강토였다.

그때 인기척이 들렸다.

"어머."

향수병에 코박킁을 하던 상미가 고개를 들었다. 느닷없이 등장한 사람은 경수였다.

"그런 거 그렇게 막 시향 해도 되는 거냐?"

은근히 감독질을 한다.

"잠깐 구경 좀 한 거야. 그런데 왜?"

강토가 물었다.

"오 팀장님이 너 좀 오라더라. 저쪽 끝에 있는 방으로."

"알았어."

강토가 손을 털고 나왔다.

* * *

"저거."

오 팀장이 가리킨 건 고정제와 보존제, 색소 등이었다. 양이 꽤 많았다.

"지하실 가면 창고가 있을 거야. 거기다 정리해 둬. 거기 카트가 있을 테니까 가져다 사용하고."

"예."

"서둘러."

"예."

지시대로 지하실로 향했다. 창고는 구석에 있었다. 파란 카트를 끌고 2층으로 돌아왔다.

연구실이 바빠지기 시작했다. VIP가 올 시간이 가까웠다. 강토도 속도를 냈다. 어느 틈에 이마에서 땀이 흘러내린다. 등짝도 흥건하게 젖었다.

복도로 나와 생수를 마셨다.

창 너머로 VIP 차량이 도착하고 있었다. 연구소장에 간부들, 오 팀장까지 도열한 분위기가 그랬다. 마지막 첨가물을 창고에 넣었다. 문을 닫고 정리를 했다. 작은 색소 하나도 아무렇게나 놓지 않았다.

찰칵.

인증 샷을 끝으로 미션을 마쳤다.

샘플실로 가는 길에 경수와 은비가 보였다. 조향실 안에서 시향을 하고 있다. 둘 앞에는 향수가 여러 개 놓였다. 노트까지 펼친 걸 보니 포뮬러를 분석하는 모양이다. 강토네에 비하면 개꿀 인턴이었다.

오래 보지 않았다. 찬밥 신세는 학과 실습실에서도 익숙했다. 그때는 애정받는 경수와 은비가 부러웠지만 지금은 그런 것도 없었다. 강토 안에 우뚝한 전생, 블랑쉬 때문이었다.

샘플실로 들어가는 오 팀장이 보였다. 강토는 일단 목부터 축였다. 지하를 오가며 서두르다 보니 땀이 흥건하고 목이 말랐다.

"……?"

하지만 물이 잘 넘어가지 않았다. 샘플실 안의 풍경 때문이었다. 뭔가를 찾던 오 팀장이 상미를 닦아세우기 시작한 것이다. 그 순간, 그녀 가운의 소매 깃에 향수병 하나가 걸리고 말았다.

'윽.'

강토가 반응하지만 거리가 멀었다. 테이블에서 밀려난 향수병은 그대로 바닥에 떨어지고 말았다.

촹.

박살이다.

돌발 참사였다.

"……!"

한순간 샘플실 안에 남극의 절대 한파가 몰아닥쳤다. 상미는 완전 얼어붙었고 문을 열고 들어선 강토도 그랬다.

"미치겠네."

오 팀장 입에서 쇳소리가 나왔다.

"죄송해요."

상미는 거의 사색이다.

"죄송? 지금 그런 말이 나와? 기본이 안 되어도 유분수지. 조향학 배운다면서 담배를 피워? 그것도 한두 개도 아니잖아?"

오 팀장이 폭주한다. 그제야 오 팀장이 돌연 상미를 닦아세운 이유를 알았다. 상미가 흡연을 한 것이다. 강토가 보니 정말 한두 개비가 아니었다. 적어도 네 개비는 빨아 댄 것 같았다.

"죄송합니다. 제 잘못입니다."

강토가 오 팀장 앞으로 나섰다.

"뭐야? 너는 따로 시킨 거 있잖아?"

"다 끝났습니다."

"그런데 뭐가 네 잘못이야? 너희 둘이 사귀는 사이야?"

"아닙니다. 상미는 후각이 썩 좋지 않아서 제가 담배 이야기를 해 줬더니 그걸 따라 한 모양입니다."

"담배 얘기라니?"

"담배에서 나오는 CO가 코에서 냄새 분쇄 기능을 하는 효소 시토크롬 p459을 차단해서 냄새 분자들이 코 안에 오래 머물러 향수 냄새를 더 잘 맡을 수 있다는 이론 있잖습니까?"

"어이 상실, 그게 말이 돼? 이거 어떡할 거야? VIP께 시향시켜 드리고 부사장님께도 보여 드려야 하는 내 시제품 말이야."

오 팀장의 눈에서 불꽃이 튀었다. 그 불꽃은 바닥에서 박살난 향수에 머문다. 그녀가 만든 작품인 모양이었다.

"죄송하지만 30분만 주시면 제가 만들어 드리겠습니다."

"뭐, 뭐야?"

강토 말을 들은 오 팀장 입에 거품이 물렸다. 이 시제품은 유럽 시장을 공략하기 위해 1조향사 1창작품의 기치 아래 6개월에 걸쳐 만들던 것이었다. 그녀가 만들었지만 그녀 자신도 30분 안에는 재현하지 못한다. 아니, 재현한다고 해도 숙성을 거치지 않았으니 좋은 향이 나올 리 없었다.

"야, 윤강토."

오 팀장이 폭발하고 말았다.

"보자 보자 하니까. 네가 장 폴 겔랑이라도 돼? 네가 에드몽 루드니츠카라도 되냐고?"

"그냥 윤강토지만 만들 수는 있습니다."

"얘 좀 봐. 지금 뭐라는 거야? 차 샘, 차 샘 어디 있어?"

오 팀장이 밖을 향해 거친 샤우팅을 날렸다.

"예, 팀장님."

차 선생이 달려왔다.

"얘들 둘 다 돌려보내."

"네?"

차 선생이 사색이 된다. 그러나 그녀도 바로 눈치를 차린다. 상미의 흡연 냄새와 바닥에 박살 난 향수병 때문이었다.

"조향의 조 자도 모르는 것들이 누구 앞에서 폼을 잡아? 당장 집으로 돌려보내라고."

"팀장님……."

"뭐야? 내 말 안 들려?"

"그게 아니고……."

차 선생이 뒤를 돌아본다. 거기 다른 간부와 함께 VIP가 서 있었다. 놀랍게도 그녀는 손윤희였다.

'손 여사님?'

강토는 분위기 때문에 차마 알은체를 하지 못했다. 손 여사가 안으로 들어섰다.

"오 팀장님."

"어머, 손 여사님."

오 팀장이 급 표정을 바꾼다.

"기대작이 있다길래 궁금한 마음에 내려와 봤어요. 시설 구경도 할 겸요."

"네, 그런데 그게……."

"하지만 시향 하지 않아도 될 것 같네요."

손윤희의 목소리가 차갑게 변했다.

"네?"

"제가 몹쓸 악취병에서 회복된 계기가 향수이다 보니 메이저를 비롯해 여러 회사의 향수 모델 제의를 받은 건 아시죠? 그런데 아네모네 유 실장님과 부사장님께서 유독 번갈아 삼고초려를 하시길래 오늘 초대에 응했습니다."

"네……."

"하지만 아네모네의 향수 모델 제의, 정식으로 거절합니다."

"네? 여, 여사님. 갑자기 왜?"

"아까 제가 시향 시켜 드린 인생 향수에 감탄을 하셨죠?"

"네."

"그걸 만든 사람도 궁금해하셨죠?"

오 팀장을 우묵하게 바라보던 손 여사, 담담하지만 폭발적인 위엄으로 시선의 방향을 틀었다. 강토 쪽이었다.

"그 퍼퓨머가 바로 저 학생, 윤강토입니다."

"네에?"

콰광.

단 한마디, 오 팀장 동공 안에 핵폭발이 일었다.

* * *

"손 여사님, 그게……?"

"다시 말해 드려요?"

"예?"

"아까 극찬하신 그 향수, 우리 강토가 만들었다고요. 덕분에 내 병이 뇌종양이 아닌 것도 밝혔고 캐고스미아에서도 벗어나게 된 거고요."

"그, 그런……."

"아까 부사장님이랑 이 원장님하고 대화 나눌 때 그 퍼퓨머 만나면 절이라도 하고 싶다고 했었죠?"

"……."

"강토야, 가자."

손윤희가 손을 내밀었다.

"이모님."

강토가 어쩔 줄 모를 때 몇 사람이 다가왔다. 그중의 한 사람이 강토 낯에 익었다. 유쾌하 실장이었다.

"실장님."

놀란 차 선생이 말문이 막힌다.

"실장님."

오 팀장은 더 참담해진다.

"오셨습니까?"

유 실장이 손윤희에게 예의를 갖추었다.

"유 실장님."

손윤희가 굳은 표정으로 인사를 받았다.

"제가 초대하고도 급한 향료 문제로 일본에 다녀오느라 모시지 못했습니다. 공항에서 부랴부랴 달려왔는데도 늦었군요."

"괜찮아요. 다른 분들이 수고를 해 주었으니까요."

"보아하니 결례가 있었던 것 같은데 제가 대신 사과를 드립니다."

"내가 받을 사과는 아니에요."

"오 팀장."

유 실장의 시선이 유 팀장을 겨누었다.

"죄송해요. 완성 직전의 작품이 깨지는 바람에……."

"그렇다고 손 여사님 앞에서 이게 무슨 무례야? 일단 사과부터 드려요."

"아니에요. 괜한 분란 일으키고 싶지 않네요. 강토는 저한테 각별한 아이고 이 여학생도 제가 알아요. 인턴에서도 잘린 것 같으니 두 학생은 제가 데리고 가겠습니다. 모델 제의는 고마웠고요. 제가 곧 방송활동 재개할 것 같으니까 나중에 인연되면 봐요."

"여사님, 이러시면……."

유쾌하가 다시 만류를 했다.

"여사님, 불미스러우셨다면 죄송합니다. 하지만 학생들 일은 오해십니다."

오 팀장이 급 수습에 돌입했다.

"오해라고요?"

"여학생이 담배를 피운 것 같기에 조향사의 기본자세를 가르치려고 주의를 주다 보니 표현이 과했던 것뿐입니다."

"인턴 자른 게 아니다?"

"예."

"그럼 잘못 들은 내가 오 팀장님에게 사과를 해야 하는 건가요?"

손 여사가 오 팀장을 바라보았다. 차분하지만 카리스마는 여전했다.

"일단 귀빈실로 가시죠."

유쾌하가 다시 허리를 숙인다. 소란을 듣고 부사장에 이 원장까지 내려왔다. 그들까지 합세하니 손 여사가 판단을 유보하고 그들을 따랐다.

"어떻게 된 거야?"

차 선생이 물었다. 샘플실 안에 남은 건 강토와 상미까지였다. 상미가 어쩔 줄을 모르는 사이에 강토는 깨진 향수병을 수습했다. 바닥 쪽에는 아직 향수가 조금 남았다. 일단 다른 용기에 넣어 향을 보존해 두었다.

"죄송합니다. 죄송합니다."

상미는 고개를 들지 못했다.

"죄송합니다."

강토도 고개를 숙였다.

"진짜 담배 피웠네?"

차 선생 역시 상미에게 남은 담배 냄새의 분자를 알아챘다.

"상미가 저기 희귀 향수들 냄새를 제대로 맡아보려는 욕심에……."

강토가 변론에 나섰다.

"원래 피우는 건 아니고?"

"절대요."

"아휴, 그래도 그렇지. 담배가 다 뭐야?"

차 선생 목소리에서 안타까움이 묻어났다.

"죄송해요, 선생님."

"그래서? 희귀 향 맡다가 팀장님 향수까지 깨뜨린 거야?"

"그건 실장님이 저 야단치느라고 흥분하셔서……."

"상미가 깬 게 아니고?"

"네……."

"네가 독박 썼구나?"

"네?"

"이거 우리 팀장님이 나름 공들이는 작품이거든. 부사장님하고 실장님 오면 자랑한다고 잔뜩 필 받고 있었으니 심정은 알 만하네. 그래도 그렇지, 자기가 깨고는 왜 상미한테……."

"어쨌든 제가 담배를 피우는 바람에……."

"그나저나 윤강토."

차 선생의 관심이 강토에게 넘어갔다.

"예?"

"너, 손윤희 여사님 알아?"

"손 여사님은 상미도 아는데요?"

"우와, 얘들… 그런데 왜 말 안 했어?"

"네?"

"게다가 그 화제의 향수를 네가 만들었다고?"

"네."

"농부르 띠미드를?"

"네."

"하느님, 맙소사."

질문하던 차 선생이 휘청 흔들렸다.

"선생님."

"됐어. 난 괜찮아. 진짜 네가 만들었어?"

"네."

"……."

"그것도 미리 말했어야 했나요?"

"너 뭐야? 괴물이야? 아니면 조향 천재?"

"저는 윤강토인데요."

"내 말은… 너 학생이잖아? 조향 회사 경험도 없고."

"네."

"그런데 어떻게?"

"그냥 열심히요. 그거 못 만들면 손 여사님이 후각신경 절제할 상황이었거든요."

"그게 말이 돼? 농부르 띠미드가 그냥 열심히 한다고 되는 거냐고? 그건 우리 실장님이나 팀장님도 재현 못 하는 거야."

"죄송합니다."

"뭐가?"

"그런 걸 제가 만들어서요."

"아, 그만. 나 어지럽다. 물 좀 마시고 올게."

차 선생이 고개를 저으며 나갔다.

"강토야……."

상미가 죄인처럼 강토를 바라본다.

"뭐냐? 그 비실거리는 표정은? 열혈 소녀답지 않게?"

"미안해. 괜히 나 때문에……."

"괜찮아. 그런데 어떤 향수가 그렇게 맡아 보고 싶었냐?"

"다 그렇지만 에르메스 파부르그……."

"그래도 담배는 좀 심하긴 했다. 하지만 원인 제공은 내가 한 거니까 미안해할 필요 없어. 공범에다 우린 팀으로 온 거니까."

"그래도… 나야 괜찮지만 너까지 잘리면……."

"그래도 며칠은 벌었잖냐? 안 온 것보다 백배는 나아. 안 그래?"

"그건……."

"그렇지? 향 포집도 해 보고 향료에 희귀 향수도 많이 봤잖아. 그게 어디냐?"

"그렇긴 해."

상미 표정이 조금 펴졌다. 그 기회를 놓치지 않고 몰아쳤다.

"하던 일 하자. 잘릴 때 잘려도 맡은 일은 끝내고 가야지?"

"알았어."

치잇.

상미가 답하자 강토가 향수를 뿌려 주었다.

"뭐야?"

"편백 오일 알지? 그게 하트노트로 들어간 향수야. 알파-테르페닐아세테이트가 들어서 담배 냄새 중화시켜 줄 거야. 김치~"

강토가 웃자 상미도 결국 따라 웃었다.

*　　　*　　　*

"……!"

"……!"

실장실에는 켜켜이 무거운 침묵이 깔리고 있었다. 유쾌하는 창가에 서서 밖을 내다보았다. 소파의 오 팀장은 왁스처럼 표정이 굳었다.

"휴우."

유쾌하의 한숨 소리가 길더니 짧은 간투사가 새어 나왔다.

"그러니까……."

"……."

"오 팀장은 믿을 수 없다?"

"네."

"어째서?"

"아까도 말씀드렸지만 실장님이 말씀하신 학생이 남경수라고 생각하고 있었습니다. 그래서 지시대로 각별하게 체크하고 있었고요."

"나는 남경수라고 말하지 않았어."

"죄송하지만 제가 아는 한 그 대학교에서 뛰어난 남학생이라면 남경수밖에 없었습니다."

"그건 내 실수로군."

유쾌하가 이마를 짚으며 돌아섰다.

"죄송합니다."

"지금 그 얘기를 듣자는 게 아니야."

"저도 확인까지 했습니다. 이창길 교수님도 그렇고 남경수도 그렇고……."

"어떤 확인?"

"원래 인턴 두 명을 받기로 했는데 네 명이 되었잖아요? 그래서 딸려 오는 두 학생에 대해 평판 조사를 했어요."

"……."

"그랬더니 교수님도 남경수도 똑같은 말을 하더군요. 윤강토는 조심해야 한다고."

"조심?"

"사람을 속이는 데 비상한 재능이 있다고 해요. 최근 들어서는 네임드 향수 포뮬러를 암기해서 카피해 내는 바람에 사람을 혼란시킨다고, 그러나 실상은 후맹에 가까운 자신의 약점을 커버하려는 몸부림이라고요. 첫날 왔을 때 민트 티를 주면서 후각 테스트를 했는데 경수는 다 맞혔지만 윤강토는 입도 벙긋하지 못했고요."

"계속해 봐."

"아시겠지만 이 교수님은 제게 스승과 다름없는 분이세요. 남경수 역시 지난번에 알바로 데리고 있어서 제가 잘 알고요. 게다가 그 어머니가 식약처에서……."

"그 얘기는 이 건과 상관없는 얘기야."

"아무튼 정보가 그렇게 왔어요. 그래서 예의 주시 하던 차에 사고를 쳤어요."

"사고는 여학생이 친 거잖아?"

"하지만……."

"화가 난 건 오 팀장 작품을 30분 만에 카피해 주겠다는 도발 때문이잖아?"

"네."

오 팀장의 답에는 주저가 없었다.

"그렇다고 학생에게 그런 모욕을 줘? 그것도 손 여사님이 보는 앞에서?"

"손 여사님이 내려오시는 줄은 몰랐어요. 제가 나올 때까지만 해도 부사장님, 이 원장님과 같이 계셨으니까요."

"제대로 꼬였군. 삼고초려 끝에 겨우 모셨는데 하필이면……."

"죄송해요. 하지만……."

"진짜 죄송하면 토 달지 마."

"……."

"나가서 해명을 해야 해. 오 팀장도 알겠지만 손 여사가 뇌종양에서 벗어난 계기가 드라마틱해. 모든 사람들에게 향수를 어필시킬 수 있는 기회이기도 하고. 그러니 경쟁사들을 물리치고 우리가 전속계약을 따내야 한다고."

"……."

"어떻게 했으면 좋겠어?"

"실장님 말대로 일이 꼬인 건 사실입니다. 거기에 대해서는 면목이 없기는 한데 그렇다고 해도 솔직히 윤강토가 농부르 띠미드를 만들었다는 건 믿지 못하겠습니다."

"아까 시향 했다면서?"

"네."

"어땠어?"

"죄송하지만 제가 농부르 띠미드를 경험한 적이 없어서……."

"향조를 묻는 거잖아?"

"그때는 좋았지만 지금 생각해 보면 조악한 듯도……."

"그 시향기, 사심이 들었지?"

"윤강토가 만들었다는 것 자체가 말이 되지 않습니다."

"그건 나도 공감해. 하지만 손 여사에게 스토리를 입혔잖아? 생명의 은인에다 전적인 신뢰를 받고 있다고."

"……."

"오 팀장 향은 박살이다?"

"……."

"오 실장이 자신 있어 하길래 나도 부사장님께 자랑을 했고 그래서 곧 방한할 프랑스 향수 전문가에게도 통지가 되었어. 그쪽에서도 기대한다는 언질이 온 모양이던데……."

"죄송합니다."

"이러면 어떨까?"

"어떤?"

"윤강토 말이야, 그 친구에게 포뮬러 재현의 기회를 주는 거야. 그럼 몇 가지를 수습할 수 있지. 일단 손 여사님을 달래는데 좋고, 오 팀장의 판단도 확인되고… 물론 내 판단도."

"실장님 판단요?"

"나도 학교 실습 강의 때 좀 황당했거든. 윤강토 수준이 너무 높아서 말이야. 나중에 이 교수께서 그렇게 말하니 혼란스럽더라고. 실습 중에 느낀 바로는 단순히 외워서 할 수 있는 일들이 아니었거든. 그게 마음에 걸려서 인턴에 추가한 거고."

"실장님."

"만에 하나 재현한다면 더 좋아지겠지. 손 여사님은 그 신뢰와 자부심이 증명되어 좋고 나도 의구심 풀려서 좋고, 부사장님은 프랑스 전문가에게 헛물 안기지 않아서, 오 팀장은 작품을 중간 체크 할 기회고……."

"하지만 불가능합니다. 혹시 오늘 만든다고 해도 최소 한 달은 안정과 숙성을 시켜야……."

"오 팀장, 내가 그걸 모르겠어? 어떻게 보면 면피용이야. 다른 방법이 없잖아?"

"말씀은 이해하지만 우리가 학생에게 놀아나야 합니까?"

"안 놀아나면?"

"남들이 들으면 웃을 겁니다."

"그냥 보내도 웃게 되어 있어. 손윤희 여사님, 이미 움직이는 뉴스라는 거 몰라? 연기 활동 재개하기로 하시면서 모셔 가려는 드라마와 영화가 줄을 섰다는 소문이야. 투병기에 더불어 예능 출연까지 말이야. 그런 데 나가서 이런 일 슬쩍 흘리면 어떻게 될까? 어떻게든 오해를 풀지 않으면 호미로 막을 걸 가래로 막게 될지도 몰라."

"……."

"어때?"

"그럼 제 의견도 덧붙여 주세요."

"뭔데?"

"남경수요, 경수도 같이 재현에 참가하게 해 주세요. 제가 볼 때는 누군가 제 향수의 흉내라도 낼 수 있다면 그건 남경수라고 생각해요."

"그건 문제없어. 오 팀장도 찜찜함 같은 거 남지 않는 게 좋으니까."

"이건 정말이지……."

"그만 가라앉히고 나가서 준비 좀 해 줘. 포뮬러하고 향료 일체… 손 여사님은 내가 설득한 후에 모시고 내려갈 테니까."

"모시고 온다고요?"

"윤강토를 생명의 은인으로 믿고 계시잖아? 어차피 이렇게 되는 거라면 직관하시는 게 낫지 않겠어?"

유쾌하의 쐐기포였다.

*　　　*　　　*

"어떻습니까?"

귀빈실로 들어온 유쾌하가 제안을 내놓았다.

"깨진 향수를 강토에게 만들게 하자고요?"

손윤희가 물었다. 여전히 편안한 표정은 아니었다.

"윤강토 학생이 원했습니다. 증명의 기회도 되고요."

"강토는 학생이에요. 낯선 곳이니 실수할 수도 있지요."

"죄송하지만… 여사님."

"……?"

"저도 대학 실습 강의 때 강토 학생을 보았습니다. 그때 이미 저를 놀라게 만들었지요. 그 실력이 진짜라면, 여사님의 시그니처까지 만든 실력이라면 강토 학생에게 낯선 환경 따위는 문제가 되지 않을 겁니다."

"강토에게 유리한 조건이 아니에요. 향수는 오 팀장이라는 분이 깼다면서 강토가 책임질 문제도 아니고요."

"그럼 저희가 상을 걸겠습니다."

"상이라고요?"

"만약 오 팀장 작품에 가깝게 재현이 된다면 2학기 장학금은 물론이고 강토를 특채로 채용하겠습니다."

"……?"

"그만하면 조건이 되겠습니까?"

"그렇다고 해도 그 판정은 결국 아네모네가 내리는 것 아닙니까?"

"그럼 심사는 여사님이 맡으십시오."

"네?"

"저희 생각에도 그게 공평한 거 같습니다."

"하지만 저는 향수 전문가가 아니에요."

"그렇다고 문외한도 아니시죠. 농부르 띠미드를 그토록 오랫동안 기억하셨지 않습니까?"

"……."

"제가 보기에는 그것만이 모두에게 깔끔한 결과를 낼 것 같습니다. 강토도, 여학생도, 여사님도, 그리고 오 팀장도 말입니다."

"……."

"여사님."

"강토에게 물어보고 결정하시죠. 제가 향수를 만들 것도 아니니……."

"그럼 강토 학생을 여기로 부르겠습니다."

"그러세요."

손윤희가 수락하자 유쾌하가 인터폰을 집어 들었다.

꾸벅.

안으로 들어선 강토가 고개를 숙여 예의를 갖추었다.

"이리 앉아."

유쾌하가 손 여사 옆자리를 권했다. 강토가 망설이자 손 여사가 눈짓을 준다. 그제야 강토가 자리를 잡았다.

"……?"

유쾌하의 제안을 받은 강토가 손 여사를 바라보았다.

"나 의식할 거 없어. 뭐든 강토가 좋은 대로 결정해."

손 여사가 조용히 웃었다.

"그렇다면 하겠습니다."

"좋아."

유쾌하가 무릎을 친다. 부사장과 이 원장의 신경도 강토에게 집중되었다.

"그런데……."

"왜? 할 말이 있나?"

강토가 토를 달자 유쾌하가 물었다.

"죄송하지만 저는 상미하고 팀으로 왔습니다. 저만을 대상으로 하는 장학금이나 특채는 필요없고요, 제가 향수를 재현하면 상미의 남은 인턴도 보장해 주시기 바랍니다. 장학금은 사실 라파엘 교수님에게도 받았고 손 여사님하고 암 환자 찾아 준 일로도 받았거든요."

"암 환자? 손 여사님의 뇌종양 말고?"

"네."

"……."

"그것만 약속해 주시면 하겠습니다. 아까 향을 맡으니 그리 어려운 일도 아니었거든요."

"어려운 일이 아니라고?"

이 원장이 유쾌하를 바라보았다. 오 팀장의 향수는 글로벌 진출을 염두에 두고 반년 이상을 쏟아부은 역작이었다. 그런데 어려운 일이 아니라니?

"허락해 주시겠습니까?"

"그야 당연하지. 나아가 지나친 추궁에 대한 오 팀장의 사과도 약속하겠네. 여학생의 흡연은 조향을 잘하려는 순수한 마음의 발로였다고 하니 말이야."

유쾌하가 답했다.

"그럼 됐습니다."

"아, 다만 재현에 도전하는 사람이 한 명 더 있을 거네. 괜찮을까?"

"몇 명이든 상관없습니다."

강토 대답은 오우드 향처럼 강렬했다.

"어떡해."

상미는 얼어붙어 있었다. 강토 말을 듣고는 걱정부터 하는 것이다.

"괜찮대도."

강토가 위로하지만 와닿지 않았다.

윤강토.

최근 들어 미친 후각 능력을 보이는 건 알고 있었다. 가장 가까운 곳에서 그걸 보아 왔다. 실습실에서의 잇단 쾌거는 상미에게 하나의 기적이자 전율이었다. 처음에는 상미도 강토가 암기력을 쓰는 줄 알았다. 그라스의 어디에선가 향수 포뮬러 책이라도 구한 줄 알았다.

하지만 이제는 아니었다. 강토의 빛나는 능력을 믿고 있다. 손윤희의 경우가 쐐기였다. 병원에서 상미는 보았다. 한 사람의 인생을 구하는 향수. 그 누구도 해내지 못할 그 기적…….

그러나.

여기는 학교가 아니었다.

진짜 프로 조향사들의 무대였다. 더구나 오 팀장의 향수는 글로벌 뷰티사를 공략하기 위한 역작이라고 들었다. 강토가 그걸 재현해야 한다니 겁이 나지 않을 수 없었다.

"미안해."

상미 목소리가 젖는다.

"쓰읍, 자꾸 그럴래?"

"괜히 나 때문에……."

"배상미."

"……."

"너 한 가지 잊고 있는데 우리, 팀으로 뽑혀 온 거거든."

"그런 말로 위로하지 않아도 돼. 난 너 때문에 딸려 온 거 알고 있으니까."

"그럼 그냥 오 팀장에게 깨갱 꼬리 내리고 갈까?"

"그건……."

상미 표정이 굳어지기 시작했다. 그 여자는 싫었다. 처음부터 그랬다. 상미도 눈치가 있다. 그녀가 경수와 은비를 편애하는 걸 모를 리 없다. 여자 화장실을 오가며 두어 번 당한 적도 있었다. 경수나 은비와 같이 있으면서도 소소한 심부름은 상미에게 시켰다. 한번은 자신의 작업화를 책상에 가져다두라는 거였고 한번은 차에 가서 소지품을 가져오라는 거였다. 그건 분명 은비에게 시켜도 무방한 일이었다.

그래도 참았다.

후각 맹탕.

그런 주제에 아네모네처럼 좋은 시설에서 인턴을 할 수 있다는 사실이 좋았다. 하지만 오 팀장의 시선이 차가운 것까지 좋았던 것은 아니었다.

"상미야."

"응?"

"내가 팩트 하나 알려 줄까?"

"뭔데?"

"조향 말이야, 그거 똑같은 거야."

"응?"

"어디서나 누구 앞에서나 똑같은 거라고. 학교 실습실이든 내 다락방이든, 여기 아네모네든. 아니, 심지어는 스위스의 지보단이든 미국의 IFF든."

"뭐야? 너무 전문가 같잖아?"

"냄새는 장소를 가리지 않는 법이니까."

강토의 마무리였다. 차분하면서도 신뢰가 가득한 눈빛. 거기 홀린 상미는 더 이상 말을 하지 못했다.

"이거."

강토가 리넨을 내밀었다.

"재스민이야?"

코를 박으며 묻는 상미.

"차 선생님께 부탁해서 조금 얻었어. 라벤더에 에센셜 오일을 섞었어. 마음을 진정시키고 기분 전환을 하는 데 도움이 될 거야. 깊이 들이마셔 봐. 평안하게."

"강토야……."

"팀이면 응원이라도 해야지. 시작도 하기 전에 그렇게 쫄아 가지고 있으면 되겠어?"

"알았어."

"그럼 스타트?"

"네, 옴니스 리더님."

상미가 고개를 들었다. 진한 향을 들이켜더니 기분이 조금 바뀐 모습이었다. 강토가 손을 내밀자 미친 듯이 후려친다.

짝.

팀 옴니스의 절반, 어쨌든 그 이름을 걸고 출격이었다.

「별똥별의 꿈」

앞으로 나온 오 팀장이 아이패드의 화면을 가리켰다. 지금부터 만들어야 할 향수가 거기 있었다.

"아름다운 초원에서 만나는 별똥별의 신비를 오리엔탈릭한 감성으로 표현한 향이야."

오 팀장의 설명이 이어진다.

"이건 향수에 들어간 에센스와 전 성분 일체."

그녀의 시선이 테이블에 닿는다. 향 에센스 20여 개와 기타 성분 60여 개가 보였다. 그러니까 별똥별의 꿈이라는 향수에 들어간 물질은 A4용지로 두 장, 무려 74 종류였다.

"학생들이라는 걸 감안해서 전 성분을 공개하는 거야. 어차피 중요한 건 배합 비율일 테니까."

그녀의 시선이 강토에게 닿았다. 옆에는 경수가 서 있었다.

「한 명 더」

그 주인공이 경수라는 건 조금 전에 알았다.

"시간은 원하는 대로 써도 돼."

오 팀장이 아이패드의 화면을 껐다. 설명이 끝났다는 뜻이었다.

"시작할까? 아니면 필요한 게 있으면 더 말해도 되고."

뒤에 있던 유쾌하가 운을 떼고 나왔다. 그 옆으로는 손 여사와 부사장, 이 원장이 버티고 있었다.

강토 시선은 테이블의 전 성분에 있었다.

벤질살리실레이트, 이소유제놀, 쿠마린, 에칠헥실메톡시신나메이트, 알파—이소메칠이오논, 비에이치티, 리날룰, 정제수, 식물성 에탄올…….

많기도 했다.

"전 성분은……."

올망졸망 놓인 시약병을 바라보며 강토가 말을 이었다.

"밝히지 않으셔도 상관없지만 포뮬러의 공식을 그대로 재현해야 하는 건가요?"

"뭐?"

오 팀장이 미간을 구겼다. 신경을 거스르는 질문이었다.

'이게 감히.'

구겨진 미간에 숨겨진 언어였지만 보는 눈이 있으니 미소로 답한다.

"무슨 뜻이지?"

"포뮬러의 재현인지 향의 재현인지를 묻고 있습니다."

"야아, 재현이라면 당연히……."

경수도 존재감을 확인시키고 나선다.

"미안하지만 팀장님에게 묻고 있거든."

강토가 잘라 버렸다.

"그러니까 네 말 뜻은 포뮬러를 맞추지 않고도 향을 재현할 수 있다는 뜻?"

"네."

"허얼."

"상관없네. 자네가 하고 싶은 대로 하게."

유쾌하가 대신 정리했다.

"그럼 여기 있는 에센스와 성분 물질을 생략하거나 다른 것을 써도 되는 것으로 알겠습니다."

"다른 것?"

"두어 가지면 됩니다."

"그것도 오케이."

유쾌하의 허락이 떨어졌다.

"그럼 약속한 대로 30분 안에 끝내겠습니다."

강토의 답이었다.

'30분?'

오 팀장의 눈알이 뒤집히는 게 보였다.

30분.

그건 정말 무모함의 극치이자 어이 상실의 대표였다. 이 공식은 그녀가 구현해도 1시간 이상이다. 정확도까지 고려하면 한나절을 잡아도 무방했다. 그런데 30분?

강토가 두 사람을 돌아보았다. 손윤희와 상미였다. 둘을 위해 엷은 미소를 머금는다. 잔향을 밀어 올리는 베이스노트의 안정감처럼 믿음을 주는 미소였다.

'강토, 파이팅.'

상미가 주먹을 쥐어 보였다. 그것 외에는 해 줄 게 없었으니 그 어느 때보다 주먹을 꽉 쥐어 보이는 상미였다.

플라스크를 집는 것으로 강토의 조향이 시작되었다.

그런데.

하나가 아니고 둘이었다.

둘.

그 플라스크에 모두의 시선이 꽂혔다.

강토와 경수.

사람도 둘이었다. 둘의 자리는 대각으로 배치되었다. 상대가 무엇을 하는지 볼 수 없다. 강토로서는 볼 생각도 없었다.

경수는 비커를 준비했다. 하나였다. 그의 첫 선택은 식물성 에탄올이었다. 강토도 그걸 집었다. 하지만 두 플라스크에 다 넣지 않았다. 강토가 샘플 향수 선반으로 다가섰다. 유쾌하와 오 팀장, 손 여사와 상미의 시선이 강토를 따라간다. 향수는 제대로 정돈되어 있었다. 강토와 상미의 수고 덕분이었다. 그 말은 곧 강토가 선반에 놓인 모든 샘플의 향을 파악하고 있다는 뜻이었다. 그렇기에 걸음은 주저가 없었고 내비게이션을 세팅한 드론처럼 정확하게 멈췄다.

12년 묵은 향수 앞이었다. 그러나 관리가 제대로 되지 않아 향이 거의 날아갔다. 손윤희의 향수를 만들 때 사용한 노하우. 그 카드를 다시 꺼내는 강토였다.

'뭐 하자는 거야?'

오 팀장의 눈에 힘이 들어갔다. 그녀가 보기에 강토는 이미 시작부터 엇나가고 있었다. 쓸데없는 걸 집어 든 것이다.

그때까지는 유쾌하도 강토 의도를 몰랐다. 그저 지켜볼 뿐이었다.

물론 조바심의 퀸은 상미였다. 조금 진정되었던 심장이 다시 벌떡거린다. 그녀는 강토가 쥐여 준 라벤더 리넨을 코로 가져갔다.

'강토야, 힘내.'

상미가 할 일은 여전히 기도뿐이었다.

두 플라스크를 채운 강토가 에센스와 첨가물 등을 바라보았다. 그런 다음, 에센스와 향료 뚜껑을 죄다 열어 놓더니 그 앞에서 가만히 눈을 감는다. 10여 분을 그렇게 허비했다.

그사이에 경수는 진도가 제법 나갔다. 어코드의 줄을 세우고 베이스노트를 집어넣기 시작한 것이다. 그의 조향은 실험실 때와 달랐다. 에센스에 대한 이해가 완벽했으니 전문가의 손길이었다. 게다가 그에게서는 오 팀장의 체취가 깊었다. 꽤 오랫동안 붙어 있었다는 뜻이었다.

그렇거나 말거나 강토는 자신의 길을 갔다. 눈 감은 세상에 강토는 오 팀장 향수를 펼치고 있었다. 코로 들어온 냄새 분자의 줄을 세웠다. 빛나는 후각으로 명하자 그들이 순종한 것이다.

연상 노트 위에 향의 팔레트를 펼친다. 그 향 분자들을 오 팀장의 것과 비교한다. 빼야 할 것과 더해야 할 것의 분석이었다.

그렇게 다시 5분.

살며시 눈을 뜬 강토가 에센스와 첨가물 등의 차례를 세워 놓았다. 그만의 조향 오르간을 만드는 것이다. 마침내 재현의 시작을 알리는 손짓이었다.

*　　　*　　　*

톱노트: 유자, 탱자, 네롤리, 별사과, 프리지아, 미모사…….

하트노트: 히아신스, 재스민, 아이리스, 샤프란, 하늘타리, 박꽃, 옥잠화, 쿠마린…….

베이스노트: 페티그레인, 베르가모트, 몰약, 오우드, 시더우드, 머스크…….

향 분자의 팔레트에 펼쳐진 에센스와 콘센트레이트들이었다. 탱자와 하늘타리, 박꽃 등이 눈에 띄었다. 하늘타리와 박꽃은 주로 밤에 피는 꽃이다. 별이 밤에 뜨므로 이미지의 일치를 위해 동원한 아이템 같았다.

톱노트는 시원하다. 별사과의 청량하면서도 부드러운 향이 후각을 사로잡는다. 거기에 유자와 미모사가 환상의 주단을 이어 놓는다. 프리지아와 네롤리는 그 절정을 업그레이드시킨다. 정말이지 향 분자의 별이 쏟아질 것만 같다.

뒤를 이어 하트노트의 감동이 부드러운 나래로 펼쳐진다. 이미 초원이 되어 버린 사방. 히아신스와 재스민이 펼치는 감미로움만 해도 노곤한 판에 아이리스까지 더해 파운더리한 센슈얼과 포근함을 동시에 안겨 준다. 아이리스는 여기서 만나도 반가웠다.

재스민.

거기서 잠시 후각을 멈춘다. 삼박재스민이라기에는 살짝 이질감이 느껴진다.

그사이에 미모사와 장미의 매혹이 걸어 나온다.

그러나 아직이다.

메인이 남았으니 바로 샤프란과 하늘타리, 박꽃 등의 밤꽃들이다. 그들이 삼색의 별이 된다. 푸른 별, 노란 별, 그리고 붉은 별. 세 개의 별이 저마다의 소원을 간직한 별똥별이 되어 내려앉는다. 나비의 날갯짓이다. 너무 포근하고 꿈결 같아 움직일 수도 없다. 플로럴 노트를 살리기 위해 첨가한 아이리스와 장미의 매력을 살짝 중첩시켜 주는 미모사였다.

그 배경의 공간을 쿠마린이 메워 준다. 미모사와 함께 풀 냄새 가득한 초원을 그려 놓는다. 일체의 잡티도 용서치 않을 구상이었다. 페티그레인으로 정리한 것으로도 모자라 네롤리와 베르가모트로 신성한 분위기를 더했다.

마침표는 몰약과 시더우드에게 맡겼다.

몰약으로 목가적 배경을 완성하고 시더우드로 초원의 향을 입혀 놓은 것이다.

주제는.

「탱자, 하늘타리, 박꽃, 옥잠화」

오리엔탈 플로럴이었다.

그중에서도 최고의 하트노트는 박꽃과 옥잠화였다.

투명하고 소박한 아름다움.

주제 해석이 끝났다.

조향이 시작되었다.

그건 정말이지 하나의 무아지경이었다. 두 번의 손짓도 없었고 더하고 덜함도 없었다. 때로는 오토 피펫으로 또 때로는 유리막대나 스포이드가 움직였다. 오케스트라를 지휘하는 마에스트로의 현신이 거기 있었다.

톡.

톡.

강토의 선택을 받은 향료와 에센스들은 아름다운 선율처럼 플라스크 속으로 들어갔다. 때로는 정가운데 적하하고, 또 때로는 살짝 중심을 비껴 적하했다. 겉멋 따위는 아니었다. 에탄올에 들어가는 모든 향료는 저마다의 역할이 있었다. 그 양과 비중은 달랐지만 절대 가려져서는 안 될 일. 그렇기에 그 자신의 차례에 쉽게 등장할 수 있도록 어코드를 조절하는 것이다.

"……?"

지켜보던 오 팀장의 표정은 점점 더 냉소적으로 변해 갔다. 학생이기에 포뮬러까지 공개해 주었다. 자신이 없으면 조금 더 넣고 조금 덜 넣으면 될 일이었다.

그런데.

이건 아예 놓치고 간다. 넣으라고 공개한 에센스와 향료를 건너뛰어 버리는 게 아닌가?

'기본도 안 된 게.'

그녀의 볼살이 소리 없이 실룩거렸다. 과정을 보니 결과는 보나 마나였다.

'기가 막혀서…….'

나중에는 분노까지 치밀었다. 이건 그녀가 만든 작품에 대한 모욕이었다.

'허얼.'

이제는 성분들까지 찬란하게 생략하고 있었다.

에칠헥실살리실레이트, 부틸메톡시디벤조일메탄, 이소유제놀, 벤질벤조에이트, 비에이치티…….

이제는 거의 필수 성분으로 자리매김한 보조제들을 아낌없이 젖힌 것이다.

강토가 넣은 건 단 하나, 천연 보습제로 불리는 히알루론산뿐이었다.

톡.

히알루론산의 적하로 조향이 끝났다.

살랑.

두 플라스크를 양손에 잡고 가볍게 돌린다. 그 동작만은 얄밉도록 유려해 보였다.

"끝났습니다."

강토가 오 팀장 일행을 돌아보았다. 경과 시간은 28분이었다.

대각선에 있던 경수가 고개를 들었다. 그는 절반 정도 진도가 나갔다. 강토와는 달리 74가지 성분을 모두 사용하고 있었다.

"……."

오 팀장은 일그러진 미간으로 답을 대신했다. 시향의 가치도 느끼지 못하는 표정이었다.

"시향을 해 봐도 되겠나?"

유쾌하가 물었다.

"물론이죠."

강토가 끄덕 고갯짓으로 상미를 불렀다. 두 개의 블로터가 플라스크에 들어갔다 나왔다. 그대로 손 여사에게 건너갔다. 손 여사는 깨진 향수병에서 향을 묻힌 블로터로 대조군을 세웠다. 그런 다음에 강토를 바라보았다.

"첫 블로터는 알코올의 숙성이 필요한 향입니다. 이미지만 시향 해주세요."

"이렇게?"

손윤희가 블로터를 한 번 흔들었다.

"……?"

놀란 표정으로 유쾌하를 바라본다.

"거의 같아요. 다만 좀 풋풋하달까?"

"두 번째는 원래의 향수와 거의 같은 향수입니다. 베이스로 쓴 에탄올에 다른 향이 미량 남아 전문가라면 미세한 차이를 느낄 수 있겠지만 이모님 같은 경우에는 거의 똑같이 느껴질 겁니다. 둘 다 1% 부족하겠지만 일단 편안하게 시향 하세요."

"그렇단 말이지?"

손윤희가 두 번째 블로터 시향에 들어갔다. 허공에 흔들더니 코로 가져간다.

"……?"

바로 호흡을 멈춘다. 놀란 그녀가 왼손에 들고 있던 대조 블로터 냄새를 맡는다. 그러더니 두 개를 번갈아 시험한다. 결국 탄성이 터져 나왔다.

"정말 똑같아요."

손 여사가 유쾌하를 바라보았다.

"……!"

오 팀장의 미간이 사정없이 일그러진다. 유쾌하가 나서서 두 블로터를 받아 들었다. 신중하게 시향에 들어간다. 하지만 그 역시 끄덕, 고갯짓을 하며 손 여사의 말에 한 표를 던졌다.

"그렇군요."

"실장님?"

의아한 건 오 팀장이었다. 포뮬러를 쌈 싸 먹고 제멋대로 만든 향이었다. 게다가 그녀의 눈으로 똑똑히 보았다. 그런데 같은 향이라니?

"맡아 봐."

블로터가 오 팀장에게 넘어왔다.

'이게 말이 돼?'

발끈한 표정을 숨기고 시향에 들어갔다. 부사장에 이 원장까지 지켜보는 판이었다.

하지만.

그녀 역시 통제 불능으로 눈이 휘둥그레지더니 호흡을 멈췄다.

'이거……?'

오 팀장의 시선은 블로터에 꽂혀 떨어지지 않았다. 도무지 말이 되지 않는 강토의 조향이었다. 그러나 말이 되고 있었다. 엄밀하게 따지면 약간의 흠이 있지만 그건 강토의 입으로 설명이 된 바였다. 더구나, 오 팀장이 강조하려던 박꽃과 옥잠화의 이미지는 더 선명해진 것 같은 상황…….

"나도 좀 볼까?"

부사장이 손을 내밀었다. 전율이 가시지도 않은 손으로 블로터를 넘기는 오 팀장.

"오."

두 블로터를 비교한 부사장 입에서도 감탄이 나왔다.

"어머."

그걸 받아 든 차 선생도 마찬가지였다.

돌연한 분위기에 압도되기는 경수도 예외가 아니었다. 절호의 찬스를 잡은 남경수. 거기서 실수를 하고 말았다. 미들 노트의 에센스 분량을 초과 투하 한 것이다.

처음부터 다시.

초과 투하의 의미였다.

하지만.

분위기는 그쪽도 아니었다. 이미 결판이 난 것이다. 결국 피펫을 내려놓는 수밖에 없었다.

자박.

침묵을 깬 건 오 팀장의 굽 소리였다. 강토 앞으로 다가오더니 플라스크를 체크한다. 블로터를 넣어 재시향도 한다. 향은 바뀌지 않았다. 약간의 미련에 핏대가 오르지만 분위기로 보아 문제를 삼을 수도 없었다. 그때 강토가 새로운 제안을 내놓았다.

"죄송하지만 나머지 1%를 보완해 드리겠습니다."

'보완?'

오 팀장이 돌아보았다.

"죄송하지만 실내 온도를 2도 정도로 낮춰 주시겠습니까? 기왕이면 불도 꺼 주시고요."

"원하는 대로 해 줘."

유쾌하가 차 선생에게 지시했다.

딸깍.

불이 꺼지고 실내 온도도 떨어지기 시작했다.

"1% 보완된 향입니다. 처음보다는 두 번째 블로터에 집중해 주세요."

다시 블로터가 나왔다. 이번에는 손 여사와 부사장에 이 원장까지 한꺼번에 안겨 주었다.

"오."

"어머."

"허어."

곳곳에서 감탄이 터졌다.

1%.

강토의 말이 적중된 것이다. 실내 온도를 내리고 불을 끈 후에 맡은 시향은 오 팀장의 것과 구분이 어려웠다. 특히 두 번째 블로터. 그 싱크로율은 거의 99.9%였다. 아니, 오히려 더 매혹적인 향인 것 같았다.

딸깍.

다시 불이 들어왔다.

"제 소감을 말해도 될까요?"

손윤희가 이목을 집중시키고 나섰다. 이제까지와 달리 상황을 장악하는 목소리였다.

"그러시죠."

부시장이 멍석을 깔아 준다.

"전문 조향사는 아니지만, 일반인의 소감으로는……."

손윤희, 한 번 더 블로터의 냄새를 확인하더니 결정 선고를 내렸다.

"깨진 병의 향수와 강토가 만든 향은 거의 똑같은 것 같네요."

땅땅땅.

선고가 나왔다.

누구도 이의를 제기하지 못했다. 그걸 확인한 상미 표정이 달아오른다. 리넨을 움켜쥔 그녀의 손은 경련 이상으로 떨렸다.

그리고 마침내.

뚝.

눈물까지 떨어뜨리고 말았다.

"인정합니다."

유쾌하가 한 표를 던졌다.

"나도 그렇습니다."

부사장에 이 원장까지 동참한다. 오 팀장은 손을 드는 것으로 공감을 표했다. 자존심 때문에 차마 말은 하지 못했다.

"윤강토."

유쾌하가 강토를 불렀다.

"네?"

"우리 오 팀장의 포뮬러를 대폭 줄여 놓았군?"

"……."

"설명할 수 있겠나? 원치 않으면 안 해도 괜찮고."

"원하신다면 할 수 있습니다."

"그렇다면 듣고 싶군. 진심인데 진짜로 궁금해서 그러네. 흠을 잡으려는 게 아니야."

"알겠습니다."

강토가 답했다. 그건 유쾌하의 체취로 알 수 있었다. 오 팀장의 것과는 달랐다. 화가 나거나 경계할 때, 그리고 행복할 때의 체취는 미묘하게 변한다. 그건 암 환자의 체취를 생각하면서 구분할 수 있게 되었다. 즉, 좋은 사람인지 나쁜 사람인지, 냄새로 간파할 수 있다는 뜻이었다.

"그 전에 먼저 궁금한 게 한 가지 있습니다. 재스민 말입니다. 삼박재스민과는 미묘하게 다른 느낌이 납니다."

"맞아. 삼박재스민이 아니라 백화등이네. 재스민 향이 나는 우리 야생화지."

"아……."

강토 머리가 밝아진다. 그래서 달랐던 것이다. 의문까지 해결되었으니 주저할 것 없었다.

"제 할아버지께서 화가십니다."

"그래?"

"전문가시니 많은 물감을 쓰는데 사실 빨강, 파랑, 노랑, 흰색, 검은색이면 모든 색을 표현할 수 있다고 하셨습니다. 저도 어릴 때부터 지켜보았고요."

설명을 할아버지에게 기대기로 했다. 블랑쉬를 예로 들 수는 없기 때문이었다.

"단순히 같은 향이라고 했으니 거기 맞춰 보았습니다. 오 팀장님의 작품에 숨은 주제는 박꽃과 옥잠화의 여운으로 보았거든요. 그 주제의 부각을 위해 엑스트라를 줄인 것이죠.

저는 오 팀장님처럼 많은 원료를 다루는 데는 익숙하지 않으니 제 방식으로 해석한 것뿐입니다."

슬쩍 오 팀장의 체면도 살려 주었다. 여기서는 그게 더 좋다고 판단했다.

"그래서 장미와 쿠마린, 시트러스 노트 등은 뮤게로 정리했습니다. 뮤게는 장미와 풀 냄새, 레몬 냄새의 중간 향을 풍기니 그 셋의 대처에 알맞았고 페티그레인의 어코드 조화 능력은 오우드에게 맡겼습니다. 베르가모트로 살리는 신성함 역시 시더우드와 오우드면 충분하니 과감하게 잘라 냈습니다. 아밀 신나믹 알데히드를 세운 건 히아신스와 재스민의 대신이었고 장황한 성분제들 역시 히알루론산 하나로 대체함으로써 어코드의 관리 영역을 줄였습니다."

"옥잠화와 박꽃 에센스의 부각을 위해 과감하게 가지를 쳤다?"

"할아버지께서 그림을 그릴 때 보면 강조하려는 것만 부각시키고 나머지는 음영 처리를 하더군요. 향수로 치면 잔향인데 잔향이 너무 강하면 주제를 살리기 어렵다고 판단했습니다."

"두 번째 블로터 말이야, 다른 향수의 내용물을 덜어 쓰는 것 같던데?"

"에탄올의 숙성 때문에요. 오늘 외부 귀빈이 오신다면서요? 그래서 수수한 향을 가진 향수 샘플들 중에서 향이 많이 날아간 것을 골랐습니다. 와인 셀러에서 두 달 정도 묵은 향 효과를 보기 위해서였죠."

"별똥별은 밤에 보는 것이니 불을 끈 것은 이해하네만 온도는 왜였나?"

"옥잠화 때문이었습니다."

"옥잠화?"

"옥잠화는 가슴을 유려하게 적시는 은은한 향이더군요. 그런데 그 향은 기온이 약간 내려가면 더 은은하게 퍼져 갑니다. 자칫 발향력이 떨어질 수도 있겠지만 옥잠화의 매력을 느끼기 위해 조건을 만들어 본 것뿐입니다."

"……."

유쾌하의 미간이 과격하게 구겨졌다. 그도 생각지 못한 일이었다. 향 분자에 매몰된 덕분이었다. 향수 자체의 매력에만 골몰했지 중요한 특성을 망각하고 있었던 것이다.

짝짝.

유쾌하가 먼저 박수를 쳤다. 진심에서 나오는 박수였다.

제2장

무한 버닝이라는 것

"농부르 띠미드……."

유쾌하의 목소리가 떨렸다. 귀빈실이었다. 안에는 부사장과 이 원장, 그리고 손윤희가 동석하고 있었다. 유쾌하는 다시 시향을 한다. 손 여사의 인생 시그니처였다.

"차마 믿을 수가 없군요."

유쾌하는 전율에 휩싸였다.

이 향은 그도 한 번 시향 한 적이 있었다. 주니어 조향사를 앞둔 어느 날이었다. 당시 이그제티브 조향사가 블로터를 내밀었다.

"재현해 볼 수 있겠나? 두 달 주겠네."

두 달.

그는 올인을 했다. 능력의 증명을 위해서가 아니라 향에 매혹된 까닭이었다. 장미와 제비꽃의 매력을 그토록 승화시킨 향수는 보지 못했던 것이다. 그러나 그때는 이 향수가 어느 정도 남아 있었다. 즉, 포뮬러에 대한 접근이 쉬웠다는 뜻이다.

한 달이 되는 날 유쾌하가 재현을 끝냈다. 이그제티브 조향사가 포뮬러를 공개했다. 유쾌하의 것과 비교하니 3% 정도의 상이점이 있었다. 하트노트의 에센스 배합 비율이 달랐다.

그런데 강토가 재현한 이 향수는…….

흠잡을 곳이 거의 없었다.

"하지만 이제는 믿어집니다."

유쾌하가 웃었다.

"처음 강토 학생을 본 날, 그날의 예감이 맞았군요. 천재적인 후각에 기막힌 응용력, 감추고 있지만 기필코 드러나고 말던 뛰어난 향 분자와의 교감… 그래서 팩스가 들어왔을 때 추가 인원으로 보내 달라고 부탁을 했던 겁니다."

"……."

손윤희는 경청 중이었다. 유쾌하의 태도는 그녀 마음에 들었다. 사실 향수개발실 견학을 받아들인 것도 그 때문이었다.

"강토를 데리고 있던 차 샘 이야기도 저와 일치하더군요. 강토의 후각은 우리 모두를 합친 것보다 뛰어났고 덕분에 최근에 포집한 향 분자들은 최고였다고 말입니다."

"……."

"해서 저희는 강토 학생에 대한 사과의 뜻으로 인턴 자격을 변경하려고 합니다."

"변경이라면?"

손 여사가 촉각을 세웠다.

"향 포집 작업도 그렇고 오 팀장의 향수를 재현해 준 것도 그렇고… 잔심부름이나 하는 인턴의 범위를 넘었습니다. 그렇다면 마땅히 대가를 치러야 하니 한 달 알바 동안 정식 급료를 지급할 생각입니다."

"정식 급료라고요?"

"이 일로 여사님의 환심을 사려는 건 아닙니다. 여사님이 당장 저희 모델 제안을 거절한다고 해도 진행할 겁니다. 이 방으로 오기 전에 이미 총무실에 지시를 해 두었고요."

"실장님……."

"저희 치부를 보여 드려 죄송하지만 여사님 덕분에 강토 학생의 진가를 알게 되어 굉장히 기쁩니다. 한국 조향의 희망봉을 보게 된 것 같아서요."

"그렇죠? 강토 능력이 뛰어난 거죠?"

"몹시 그렇습니다. 다만 아직 그의 능력을 다 알지 못하기에 더는 질러 가지 않겠습니다. 지나친 칭찬은 천재의 미래를 망칠 수 있으니까요."

"그건 마음에 드는 말이네요."

"나머지는 저희 이 원장님께서 말씀을 드리실 겁니다."

유쾌하가 발언권을 넘겼다.

"허엇, 이거 참……."

머쓱한 간투사와 함께 이 원장의 의견이 나왔다.

"일단은 저도 면목이 없습니다. 그래도 여사님이 이해를 해 주시니 고마울 따름입니다."

"……."

"유 실장의 말처럼 저희가 큰 결례를 끼친바 모델 계약 건에 대한 말씀은 더 드리지 못하겠습니다. 다만 언제든 여사님과의 신뢰를 회복할 수 있기만을 바랄 뿐입니다."

이 원장이 고개를 숙였다. 완벽한 자숙의 표정이었다.

"강토 생각은 어때?"

귀빈실로 불려온 강토에게 손윤희가 물었다.

"저는 사양입니다."

"사양?"

뜻밖의 반응에 모두가 촉을 세웠다.

"저는 학생 인턴으로 왔습니다. 그러니 인턴으로 일하는 것으로 만족합니다. 정식 대우라면 이런 일로 인한 게 아니라 나중에 기회가 되었을 때, 시작부터 그런 자격으로 오고 싶습니다."

강토의 생각은 명쾌했다.

"그럼 여기 남겠다?"

"네."

"정식 급료도 사양하고?"

"그보다는 저희가 인턴 일을 잘한다고 판단하시면 샘플실의 향수들, 향료 저장고의 향 원료들을 구경할 기회를 주시면 고맙겠습니다."

"……."

그 말에 유쾌하가 반응했다. 선배 조향사의 가슴을 뜨끔하게 만드는 말이 나왔다. 이거야말로 조향을 배우는 진짜 자세가 아닌가?

"죄송하지만 저희 자르지 않을 거면 그만 나가 보겠습니다. 아침에 차 선생님이 시키신 일들이 많이 남았거든요."

강토가 주의를 환기시켰다.

"알았네. 자네를 부른 건 나고, 그 가부를 결정하는 것도 내 권한이네. 아네모네 향수개발실 책임자로서 말하는데 자네 팀은 우리 회사 학생 인턴이 분명하니까 나가 보도록."

유쾌하도 쿨하게 받아쳤다.

"감사합니다. 그럼 이모님, 다음에 뵙겠습니다."

강토의 목소리에 힘이 넘친다. 그렇게 나가니 손 여사도 안심이 되었다.

"저런 학생이라니까요."

손윤희가 웃는다. 그 미소에는 강토에 대한 자부심이 가득

담겨 있었다.

"우왕, 정말?"

강토 말을 들은 상미가 좋아 어쩔 줄을 몰랐다.

"그럼 다음 할 일 하러 가야지?"

"알았어."

상미가 팔을 걷었다.

오후 일정은 지하 약품 창고 청소였다.

"차 선생님."

강토가 차 선생에게 다가섰다.

"윤강토, 방금 유 실장님에게 전화받았다. 마구 부려 먹으라고."

"그래 주세요."

"그런데 이렇게 천재적인 능력자를 부려 먹어도 되려나? 내가 오히려 지도를 받아야 하는 거 아니야?"

"선생님……."

"놀리는 거 아니야. 강토가 재현한 향수 말이야. 오 팀장님이 불후의 명작이라고 자랑 좀 하던 거였거든. 그런데 강토가 재현한 향수 평이 더 좋았잖아?"

"운이 좋았죠, 뭐."

"아니야. 향 포집할 때부터 알아봤어. 미안하지만 청소 끝나면 나 좀 도와줄래? 나도 이번에 한 작품 내야 하는데 지난

번 거는 꽝 맞았고 새 작품은 진도가 안 나가고 있어. 날짜는 다가오는데 말이야."

"일단은 청소가 우선인데요? 끝마치라는 시간이 다 되고 있거든요?"

"아, 씨… 사실 거기 청소는 안 해도 되는데… 내가 딱히 시킬 일이 없어서 만든 일이거든."

"저희는 괜찮습니다. 모든 게 공부니까요."

"어우, 이 태도 좀 봐. 너희들 진짜 마음에 든다. 윤강토, 배상미."

"감사합니다."

"아무튼 거긴 독성 있는 것들이 많으니까 바닥 청소하고 먼지나 닦아.

"네."

키를 받아 들고 약품실로 향했다. 모든 게 공부라는 말은 솔직한 말이었다. 유럽의 네임드에 비하면 뒤지지만 대한민국 최고의 향수개발실. 기왕 온 김에 속속들이 알고 싶었다. A부터 Z까지.

향수 회사에 향수만 있는 게 아니다.

약품실에서 그걸 실감했다.

문을 열자 온갖 종류의 화학물질 냄새가 코를 쪼았다. 후각이 맹한 상미조차 인상을 찡그린다. 강토가 차 선생에게 받은 마스크를 내밀었다. 마스크는 코로나 때문에 익숙하다. 제대로 밀착시키고 안으로 들어섰다.

강토만 신났다.

새로운 냄새 분자들을 만난 것이다.

가만히 눈을 감으니 엄청난 악취가 후각을 후려친다. 확인하니 부틸메르캅탄이었다. 완전 밀봉을 했음에도 냄새 분자가 느껴진다. 스컹크와 대결해도 이길 냄새의 끝판왕이었다. 옆 칸의 에틸메르캅탄도 만만치는 않았다. 이건 농축된 마늘 냄새였다. 데카보란에서는 양파 냄새가 났다. 다른 칸보다도 강렬한 냄새가 나는 이곳. 그럼에도 강토는 밀봉을 뚫고 나오는 희미한 냄새를 즐겼다.

"그렇게 좋아?"

먼지를 닦던 상미가 물었다.

"응, 학교에서는 맡을 수 없는 냄새잖아?"

"그게 다 느껴져?"

"응, 하지만 열라 독해."

"와아, 하여간 네 후각은……."

"네가 잘 맡지 못하니까 내가 두 배로 맡는 것뿐이야."

강토 코는 쉬지 않았다. 그렇다고 청소를 안 하는 것은 아니었다. 냄새 맡는 일에는 큰 노력이 필요하지 않았다. 주변 공기를 빨아 당기면 되는 것이다.

"끝."

마지막 약품 통을 닦은 상미가 두 팔을 쭉 뻗었다.

"어머, 선생님."

복도로 나온 상미가 화들짝 놀란다. 차 선생이었다. 확인차 온 모양이었다.

"청소 끝났습니다."

강토와 상미가 말하자,

"이야, 깨끗하네?"

약품실 안으로 고개를 들이민 차 선생이 말했다. 미션 클리어를 알리는 말이었다.

"힘들지?"

"아뇨. 괜찮습니다."

"고생했으니까 씻고 와. 내가 특별한 거 보여 줄 테니까."

"특별한 거요?"

"기체색층분석기. 본 적 없지?"

"와아."

상미가 환호한다. 하지만 강토는 조금 신중한 반응이었다.

"강토는 관심 없나 보네?"

"아뇨. 그게 아니라……."

"왜? 우리 또 문제 생길까 봐?"

"……."

"걱정 마. 유 실장님도 허락한 거야. 너희가 이번 향 포집에 큰 도움을 주었다니까 그런데도 기체색층분석기도 안 보여 줬냐고 야단이시잖아?"

"정말입니까?"

"그렇다니까. 그러니까 얼른 씻고 집합."

차 선생이 화장실을 가리켰다.

기체색층분석기.

그 위엄은 실로 경이로웠다.

말로만 듣던 그 분석기였다. 초고가라서 웬만한 조향 회사에서도 엄두를 못 낸다는 첨단 기계…….

"이 선생님, 얘가 윤강토예요, 옆에는 배상미."

차 선생이 분석 기사에게 강토를 소개했다.

"오, 우리 개발실 뒤집어 놓은 학생 인턴?"

"안녕하세요?"

기사가 반겨 주니 강토와 상미도 인사를 했다.

"기체색층분석기 본 적 있어?"

"처음입니다."

강토와 상미가 다시 합창했다.

"그럼 실컷 봐. 흔한 장비는 아니니까."

"저기… 사진 찍어도 되요?"

상미가 조심스레 물었다.

"1분 준다."

기사의 허락이 떨어지자 상미 핸드폰이 번갯불에 콩을 볶았다. 1분 사이에 수십 장을 난사한 것이다.

"대신 다른 데서 함부로 사진 찍으면 안 돼. 추출실 같은

데서는 자칫 폭발 사고가 날 수도 있거든."

"추출에 쓰이는 용매 때문이죠?"

"그것도 알아?"

"가솔린 부산물인 헥세인 같은 가연성이 높은 용매를 쓰기 때문에 조심해야 한다고 알고 있어요."

"오, 얘들 진짜 기본이 됐네?"

"그렇다니까요."

기사의 말에 차 선생이 흐뭇해졌다.

"마침 결과 나오네."

기사가 분석기를 바라보았다.

"일단 냄새부터 맡아 봐라. 무슨 냄새인지?"

기사가 관의 반대편을 가리켰다. 강토와 상미가 코를 갖다 댄다.

"라벤더 같아?"

상미가 먼저 답했다. 강토는 끄덕 고갯짓만 더했다. 상미에게 기회를 준 것이다. 그런 다음에야 차분하게 향 분자를 즐긴다. 분자 자체의 순수한 향이다. 자연에서 맡는 라벤더라든지 라벤더 향수와는 미묘하게 달랐다.

"후각이 기막히다던데 어때? 이 라벤더?"

기사가 강토에게 시료를 내밀었다.

"제 생각에는 순수한 라벤더가 아니라 합성 향이 섞인 것 같습니다. 향 품질도 좋은 편은 아니고요."

"어이쿠야."

강토가 답하자 기사가 이마를 쳤다.

"맞았죠?"

차 선생이 물었다.

"그냥 인간 기체색층분석기네. 방금 전에 결과 나왔지만 한 번 더 확인 중인데 Alpha—pinene와 1.8 Cineole의 구성 비율, Plinol의 검출로 보아 가격이 싼 오일과 합성 에센스가 들어간 걸로 판단돼."

"와아."

차 선생 입이 또 벌어진다.

"어디 보자. 지금 분석 중인 게 라벤더거든. 진짜와 혼합물 등이 섞였는데 어느 게 진짜 천연 라벤더 추출물인지 찾아낼 수 있겠어?"

기사가 라벤더 시료를 내밀었다. 강토의 손은 1초의 주저도 없었다.

"이거요."

네 번째 시료를 짚었다.

엄지척.

기사의 대답이었다. 두말하면 잔소리였으니 그냥 인정해 버린 것이다.

강토는 색층분석기의 구조를 보고 있었다. 오븐 안에 긴 실리카관이 들어 있다. 샘플을 넣으면 오븐의 열에 의해 성분들이 분리된다. 성분들은 끓는점에 따라 분리되는 시간이 다르다. 따라서 관을 통과하는 속도도 다르다. 15분쯤 경과하면 결과가 나온다.

"이게 찐, 즉 리얼 라벤더 분석표다. 기념으로 한 장씩 준다."

기사가 인심을 썼다.

라벤더의 내용 물질은 주로 11가지로 나왔다. 가장 많은 성분은 Linalyl acetate였고 그 반대는 Linonene였다.

"와아."

상미는 감탄을 그치지 못한다. 이렇게 상세한 분석은 처음 보는 까닭이었다.

강토는 관 반대편으로 나온 분자 냄새를 맡으며 분석표와 대조했다. 후각으로 11개의 분자에 줄을 세운 것이다. 그런 다음에 하나하나 냄새를 확인해 간다.

그런 강토를 유심히 지켜보는 시선이 있었다.

오연지 팀장이었다.

* * *

그녀는 잠시 옥잠화 재배실로 나왔다.

한낮이라 옥잠화는 아직 개화하지 않았다. 더러 시간관념을 잊고 핀 꽃들이 있지만 향기는 미미했다. 하나를 따서 코에 대었다.

옥잠화 향은 은은하다. 그러나 잔향이 곱다. 다소곳하면서도 기품이 있는 향에 반했다. 그렇기에 후배 백 선생이 주제로 삼는다는 걸 선점한 오 팀장이었다.

그녀가 자료를 펼쳤다. 작년에 한 기체색층분석기 분석표였다. 그 아래서 또 한 장이 나온다. 둘을 비교하자니 미간이 저절로 구겨진다. 위의 것은 그녀가 작년에 찾아낸 옥잠화 성적표였다. 새로운 향수 발굴을 위해 무려 열흘이나 옥잠화 꽃밭에서 살았다. 세 동이나 되는 재배동의 옥잠화 전부의 냄새를 맡았을 정도였다.

그녀 역시.

최고의 향을 얻기 위해 저녁은 물론 아침도 먹지 않았다. 저녁 공복도 옥잠화 때문이었고 아침 공복도 옥잠화 때문이었다. 해가 질 무렵부터 피는 옥잠화는 아침까지도 개화를 한다. 그 어떤 경우라도 최고의 향을 놓치고 싶지 않았다.

그렇게 고른 옥잠화는 대략 만족스러웠다. 기존 데이터보다 7% 이상 향이 강한 것으로 나왔기 때문이었다.

하지만.

찌익.

두 장의 분석표를 찢어 버렸다. 이번에 강토가 찾아냈다는 옥잠화 분석표. 기존 데이터의 16% 이상을 상회하는 우수한 향이었다.

어떻게.

어떻게 가능했을까?

그녀 기억 속에서 이창길과 남경수의 목소리가 뱅뱅거렸다.

—복수전공으로 왔는데 내가 본 최고의 후맹이었어.

—재스민과 로즈, 제비꽃 향을 구분하는 데도 하루 종일 걸릴 정도였어요.

그것도 하루 이틀이 아니었다.

졸업이 가까운 올해까지 쭉—이었다.

그러다가 변한 게 유쾌하 실장의 특강.

그렇기에 오 팀장은 강토보다 이창길과 남경수를 믿는 쪽이었다. 둘과는 우호적인 인연도 있는 관계니 그럴 수밖에 없었다. 그렇기에 강토 테스트에 경수를 내세운 거였다. 둘 중 누군가가 조향의 유망주라면 오 팀장에게는 그게 남경수였다.

'후우.'

깊은 한숨과 함께 앞머리를 쓸어 올렸다. 현장을 보고도 아직 믿을 수가 없는 것이다.

저만치에 유쾌하가 보였다. 손에 들었던 옥잠화를 내려놓았다.

"아직 개화 시간 아니잖아?"

유쾌하가 다가왔다.

"네……."

"기분 살짝 꿀꿀?"

"뭔가에 제대로 홀린 것 같아서요."

"홀린 거 맞아. 윤강토에게."

"이게 과연 가능한 일인가요?"

"그 심정 이해하는데… 오늘 우리는 또 다른 사례를 경험했더라고."

"또 다른 사례라뇨?"

"손윤희 여사 말이야. 같은 범주 아니겠어? 세상의 모든 냄새가 악취였던 분. 그래서 연기 활동까지 접고 칩거하면서 일상을 포기했던 사람."

"……?"

"그런데 후각이 제자리로 돌아왔잖아? 그것도 후각에 일어난 기적 아닐까?"

"하지만 윤강토는……."

"그런 굉장한 기적이 손윤희 여사에게만 일어나고 윤강토에게는 일어나면 안 된다는 법은 없잖아?"

"……."

"우리가 이러는 사이에 윤강토는 또 한 번 후각 능력을 증명했어."

"증명이라면?"

"기체색층분석기 말이야. 차 선생에게 견학시켜 줘도 좋다고 했더니 데려갔나 봐. 거기서 천연 라벤더를 1초도 걸리지 않은 상태서 찾아냈다더군. 시료 샘플이 무려 10개였는데 말이야."

"……."

"그 말 듣자니 이런 생각이 들더라고. 우리 회사가 매출 신장을 위해 계약해야 할 사람 말이야. 어쩌면 손 여사가 아니라 윤강토가 아닌가……."

"실장님?"

경청하던 오 팀장 목소리가 튀었다.

"알아. 학생이지. 이제 겨우 조향의 기본이나 배우고 있는 학생. 그런데 문제는 윤강토가 조향에 대한 조예를 제대로 알고 있다는 거야. 그게 본능적이든 가식적이든. 적어도 내가 보기엔 그래."

"너무 질러 가시는 거 아닌가요? 지보단이나 그라스의 조향 학교에 가면 윤강토 정도의 소질을 가진 학생은……."

"널리고 널렸다고?"

"네."

"진짜 그래?"

"실장님."

"농부르 띠미드."

"……?"

"오 팀장 향수의 재현은 뭐 그렇다고 치자고. 하지만 농부르 띠미드는? 손 여사님 말을 듣자니 말라비틀어진, 그것도 소분된 향수병에 남은 잔향만으로 재현했다고 하더군."

"그 향은 인정해요. 하지만 윤강토가 만든 거라고는 인정할 수 없어요. 농부르 띠미드는 학생이나 대학교실험실 재료로는 만들 수 없어요. 실제로 그런 성분 냄새도 났고요."

"그렇지. 분명 프로페셔널들이 쓰는 성분들이 있었어."

"그것보세요. 실장님도 인정하시죠?"

"그런데 말이야, 그 출처가 있더라고."

"출처?"

"이창길 교수님 말고 라파엘이라고 프랑스에서 오신 분 말이야. 방금 통화했는데 윤강토에게 자신의 향수 오르간을 빌려줬다는 거야. 그 향수를 만드는 걸 직접 지켜보기도 했고."

"……."

억.

거의 비명이었다. 오 팀장은 간신히 참았다.

"이쯤 되면 우리가 잘못된 거 아니야? 학생이라는 신분을 전제로 모든 걸 깎아내리고 의심하잖아? 그런데 윤강토가 그냥 사람이면 어떨까? 화학을 전공하고 조향학을 복수전공 한 사람. 그러나 천재성이 있어서 조향에서 발군의 실력을 드러내기 시작한?"

"실장님……."

"아무튼 미안, 따지고 보면 이 일은 내 책임이더군."

"실장님이 왜요?"

"오 팀장 말대로 애당초 남경수와 강은비만 데려왔다면 문제가 없었을 텐데 내가 윤강토 팀을 추가했잖아?"

"그렇게 치면 제 잘못이죠. 애당초 대학교 실습에 실장님을 연결한 건 저였으니까요."

"그럼 우리가 비긴 건가?"

"실장님도……."

유쾌하가 웃자 오 팀장도 웃었다.

"손 여사님 모델 건은 일단 유보되었어. 부사장님과 이 원장님은 어떻게든 계속 밀어붙여 보자고 하시는데 내가 말렸어. 오늘 밀어붙이는 건 도리가 아닌 거 같다고."

"죄송해요. 저 때문에……."

"내 짐작인데 아주 절망적인 건 아니야."

"그럼 윤강토에게 잘해 줘야 하는 건가요? 손 여사님 마음을 잡기 위해서?"

"그 반대."

"네?"

"윤강토 말이야, 그렇게 만만한 학생이 아니야. 과잉 친절하면 손 여사님 건은 진짜 물 건너갈지도 몰라. 그러니까 일반 인턴들처럼 능력은 뽑아 먹고 잡일은 떠맡기면서 팍팍 부려 먹으라고. 단."

시원하게 질러 가던 유쾌하가 브레이크를 살짝 밟았다.

"남경수나 강은비하고 차별은 두지 말고."

유쾌하의 지시는 부드러웠다.

그러나.

묵직했다.

일주일 후, 강토와 상미는 다시 향 포집에 동원되었다. 이번에는 백지은 선생도 동행이었다.

"윤강토."

재배동 앞에서 차 선생이 주의를 환기시켰다.

"네, 선생님."

강토는 꽃 헬멧 박스를 가득 들고 있다. 상미도 마찬가지였다.

"오늘은 백 샘도 있으니까 실력 발휘 좀 부탁해."

"열심히 하겠습니다."

강토의 대답과 함께 재배동의 비닐하우스 문이 열렸다.

"와아."

바로 상미의 감탄이 나온다.

"……!"

이번에는 강토도 놀란다. 후각을 치고 들어온 백합과의 매혹적인 냄새 때문이 아니었다. 재배동을 가득 메운 꽃들. 생김새가 너무나 독특했다.

"무슨 꽃?"

차 선생이 물었다. 강토는 대답을 못 했다. 이런 꽃은 처음이었다.

하지만.

거기 강토 팀 상미가 있었다.

“뻐꾹나리꽃요.”

“오.”

차 선생이 상미를 다시 본다. 강토의 답을 기대했는데 상미가 답한 것이다.

“맞아. 이게 바로 뻐꾹나리꽃이다. 생김새가?”

“꼴뚜기 빼박이네요.”

그 대답도 상미였다.

강토가 마음속으로 무릎을 친다. 생김새가 딱 꼴뚜기 포스였다.

“초장에 찍고 싶지 않냐? 나는 이 꽃 처음 볼 때 초장 생각나더라니까.”

차 선생이 조크로 분위기를 살린다.

“자자, 그만하고 윤강토 실력 좀 보자. 오후에 기자들 온다니까 준비도 해야 하고.”

백 선생이 재촉을 한다.

“내 말 맞으면 커피 쏘는 거 알지?”

“알았다니까.”

백 선생이 답했다.

그녀는 어제 경수와 은비를 데리고 향 포집을 했다. 아침에 들은 말로는 경수와 은비의 후각도 좋은 편이었다. 그러나 기체색층분석실 기사는 고개를 저었다. 강토와는 비교 자체가 불가하다는 평을 내린 것이다. 그렇기에 백 선생이 따라나섰다. 유쾌하보다 하루 늦게 출근해서 빅뉴스를 들었던 백 선생. 강토의 천재적인 후각을 직접 확인할 생각이었다.

"그럼 여기다 씌우면 되겠습니다."

강토가 뻐꾹나리꽃 하나를 가리켰다. 백 선생 바로 옆이었다.

"윤강토."

백 선생은 황당하다는 표정이다. 이제 겨우 재배동에 들어섰다. 찾아보지도 않고 말을 하니 살짝 어이도 없었다.

"그 꽃 향이 가장 좋아요. 하지만 마음에 안 드시면 차선책을 찾아 드리겠습니다."

"차 선생."

백 선생이 차 선생을 돌아본다.

믿어야 돼?

그런 표정이었다.

"확인해 보면 되잖아요?"

차 선생은 강토 편이었다. 그렇기에 약간의 동요도 없었다.

"아, 진짜… 응?"

긴가민가 냄새를 확인하던 백 선생이 숨을 멈췄다. 향이 기막혔다. 코 안의 향 분자를 싹 몰아내고 다시 시도한다.

"내 말 맞지?"

차 선생이 쐐기포를 날린다.

"말도 안 돼. 그냥 딱 보면 아는 거야?"

그녀가 다른 꽃의 향을 맡는다. 더 진한 것을 찾기 위해 끝까지 간다. 하지만 어제도 들어왔던 재배동이다. 강토가 지목한 것보다 더 진한 향의 꽃은 없었다.

"그다음은 얘예요."

강토는 그새 반대편에 있었다. 또 다른 빼꾹나리를 가리킨다. 가서 확인하니 정말 그랬다. 다른 꽃보다 월등하다. 그러나 처음 지목한 것에 비하면 미묘하게 약했다.

"뭐야? AI 기체색층분석기야? 아니면 움직이는 기체색층분석기야?"

"저는 그냥 윤강토인데요."

강토가 기구를 꺼냈다. 조심스럽게 차 선생에게 넘긴다.

"백 샘, 커피 쏘는 거다."

"알았어. 와, 살다 보니 이런 코도 만나네. 장 폴 겔랑의 환생이야 뭐야?"

백 선생이 혀를 내둘렀다. 그사이에 꽃 헬멧이 꼴뚜기 꽃(?)에 씌워졌다.

"자, 됐으니까 자유 시간. 포집 끝날 때까지 너희 마음대로 해."

"그럼 저 향 좀 채취해도 되요?"

강토가 허락을 구했다.

"당연하지. 이 재배동 향 포집은 끝이니까 다 따 가도 좋아."

차 선생의 대답은 시원했다.

강토는 올리브기름을 묻힌 리넨을 들고 돌아왔다. 그런 다음 남은 꽃들 중에서 향이 좋은 꽃을 찾아 리넨에 묻었다.

"백 샘."

꽃 헬멧 속의 폴리머를 확인하던 차 선생이 중얼거렸다.

"응?"

"저 윤강토 말이야, 좀 특별하지 않아?"

"그렇네. 경수 후각도 괜찮던데 이건 뭐……."

"내 말은 후각도 후각이지만 태도 말이야, 진짜 향수를 위해 태어난 것처럼 보이잖아? 올리브기름 묻힌 리넨으로 앙플라쥐… 괜히 레전드 조향사가 될 것 같은 생각이 들어."

"하긴 유 실장님이 인턴 기간 동안 정식 알바 급료 준다고 하니까 대신 샘플실 향수에다 향료 저장고 구경하게 해 달랬다며?"

"그 말 들었어?"

"일본에서 돌아오니까 개발실이 온통 쟤 얘기뿐이잖아. 어떻게 안 들어?"

"행운이지 뭐. 쟤 덕분에 향 포집 완전 놀고먹는 기분이야. 향 퀄리티가 좋아서 다 한 방에 통과되었다니까."

"인정."

백 선생이 손을 들었다. 그사이에도 강토는 상미와 함께 꽃을 따느라 바빴다.

커피는 강토가 사 왔다. 백 선생이 카드를 내준 것이다.

"잘 먹겠습니다."

인사를 하고 아이스커피를 물었다. 빨대 안으로 넘어오는 시원한 '아아' 맛이 일품이었다.

*　　　*　　　*

"부르셨습니까?"

퇴근 시간쯤에 오 팀장의 호출을 받았다. 오 팀장은 분석 자료를 보고 있었다. 그러다가 문득 한숨을 내쉰다.

"윤강토."

"네."

"뻐꾹나리꽃 말이야. 최고의 향을 찾는 데 10초도 안 걸렸다고?"

"……."

"찐 백만 불짜리 코네."

"……."

"하긴 어느 날 문득 기억상실증에서 회복하는 사람도 있으니까."

"……."

"냄새 분자 말이야, 몇 개까지 구분할 수 있어?"

"잘 모릅니다. 세어 보지를 않아서."

"대충 말해 봐. 오백 개? 천 개?"

거기에 최소한 0 하나나 두 개 더.

강토 생각이었다. 하지만 말하지 않았다. 오 팀장은 지금 호의를 가지고 묻는 게 아니었다. 그의 호흡에는 여전히 까칠함이 묻어 있다. 게다가 굳이 오 팀장의 인정을 받을 생각도 없었다.

블랑쉬는.

오 팀장이 평가할 그릇이 아니었다.

"꽃은 그렇다고 치고, 에센셜 오일이나 콘크리트, 앱솔루트는 어때? 그것도 냄새로 구분할 수 있어?"

오 팀장 손이 턱을 괸다. 이 또한 좋은 뜻의 질문은 아니었다.

"가능합니다."

사실대로 답했다. 숨길 이유도 없었다.

"가능해?"

오 팀장의 미간이 냉소로 구겨졌다. 에센셜이나 콘크리트 등은 냄새가 독하다. 알코올에 희석하지 않으면 프로 조향사도 착각하는 경우가 있었다. 그런데 이 애송이가 Yes라고 답해 버린 것이다. 그게 비위를 건드린 것이다.

"포마드나 콘크리트, 앱솔루트를 본 적은 있고?"

차분한 척 애쓰던 목소리가 차츰 까칠해진다.

"예."

그래도 주저 따위는 하지 않았다. 블랑쉬의 경험을 돌아보면 그건 별일도 아니었다. 그는 그라스에 존재하는 모든 꽃과 향료 원료를 아울렀다. 왁스부터 앱솔루트까지.

그러나 그걸 모르는 오 팀장에게는 심기 불편일 뿐이었다. 자존심덩어리인 그녀. 그 잘난 프라이드를 자극한 것이다.

스케줄표를 확인한다.

마침 추출실이 가동되는 날이었다. 그 안에는 각종 콘크리트와 앱솔루트가 있다. 코에 대면 후각이 폭발할 것 같은 초강력 고농축 향. 그래서 웬만한 직업 조향사들도 라벨로나 확인하는…….

너.

딱 걸렸어.

본때를 보여 주마.

"따라와."

그녀가 스프링처럼 일어섰다. 걸음 또한 의기양양했으니 사소한 오기로 인해 엄청난 사건과 마주하게 될 줄은 상상조차 못 하는 오 팀장이었다.

*　　　*　　　*

"오연지 팀장님."

복도로 나오자 박혜란 기자가 인사를 해 왔다. 개발실 안에는 기자 넷이 취재를 나와 있었다. 한국의 야생화를 이용한 향수 개발에 대한 홍보 차원이었다. 유쾌하에 이어 오 팀장도 개인 인터뷰를 마쳤다. 기자들은 이제 각자 보충 취재를 위해 흩어져 있었다.

"뭐 궁금한 거 있어요?"

오 팀장의 친절이 만렙으로 작렬한다. 박혜란은 부장 대우 기자다. 오 팀장의 친절에는 이유가 있었다.

"아직요. 지금 기체색층분석기 보고 왔거든요. 다음 과정까지 보고 질문하러 가겠습니다."

"서 기자님은요?"

"병아리를 데려왔더니 의욕 과잉이에요. 개발실을 다 뜯어보려는 건지 아까부터 다 헤집고 다니네요."

"알았어요. 마음껏 취재하라죠, 뭐."

통 크게 인심을 쓴 오 팀장이 앞서 걸었다. 복도를 돌아선 다음에야 그 걸음이 멈췄다. 개발실의 가장 안쪽에 자리한 방.

「추출실」

그 방에 걸린 이름이었다.

강토의 호기심이 발동되기 시작했다. 이 방은 아직 들어가 보지 못했다. 그러나 추출실이다. 그것은 곧 향수의 시작이라는 뜻. 궁금하지 않을 수 없었다.

"포마드와 앱솔루트의 차이점을 간단히 설명해 봐."

문 앞에서 즉석 테스트가 나온다.

"포마드에 알코올을 넣고 가열해서 얻은 물질이 앱솔루트입니다."

강토의 답은 진짜로 간단했다.

"핸드폰?"

"탈의실에 있는데요."

"디카 같은 거 가지고 다니는 거 아니지?"

"네."

"그럼 됐어."

핸드폰과 디카의 소지 여부를 묻는 건 추출실이기 때문이다. 추출에 쓰는 용매 중에는 휘발성인 것들이 있다. 이 용매가 가연성까지 강력하다면 핸드폰이나 디카의 플래시만으로도 폭발의 위험이 있었다. 실제로도 그런 사례가 많았다.

문이 열리자 두 사람이 보였다. 연구원과 서나연 기자였다.

"팀장님."

서 기자가 오 팀장에게 알은체를 한다.

"박 부장님 말씀이 우리 개발실 특급 비밀을 탐색 중인 것 같다더니 진짜네요?"

오 팀장의 미소는 여전히 친절 만렙이었다.

"그럼 잠깐 팀장님과 말씀 나누세요. 방금 말씀하신 자료 가져다 드릴게요."

연구원이 서 기자의 양해를 구하고 나갔다.

강토의 코는 이미 작동을 시작했다. 향을 보니 히아신스다. 추출법이라면 재스민이나 투베로즈 등에 다용된다. 간단히 말하면 열에 약한 정유가 추출의 단골 재료였다.

'흐음.'

냄새를 맡아 보니 용매는 헥세인이다. 가연성과 휘발성이 슈퍼 갑이다. 그러나 얌전하게 지켜보는 것만으로는 전혀 위험하지 않았다.

이 과정을 통해 향이 왁스나 콘크리트가 되어 나온다. 알코올로 왁스를 제거하면 앱솔루트라 부른다. 조향사들은 주로 이 콘크리트나 앱솔루트 등으로 조향 작업에 임한다.

"잠깐만요."

오 팀장이 기자와의 대화를 끊더니 벽의 진열장으로 향했다. 거기 왁스와 콘크리트 앱솔루트 등이 많았다. 그때였다. 알코올에 의해 왁스가 제거되는 과정에 넋을 놓던 강토, 한순간 모골이 송연해지는 것을 느꼈다.

핸드폰이었다.

그 냄새가 분명했다.

설마?

…하고 돌아서는 순간 강토 뇌리가 하얗게 변했다. 진짜 핸드폰이었다. 서 기자가 감춰서 들어온 모양이었다. 연구원도 나가고 오 팀장마저 한눈을 팔자 그걸 꺼내 추출 과정에 들이

대고 있었다.

"안 돼요."

강토가 소리쳤지만 한발 늦었다.

펑.

카메라의 플래시와 함께 헥세인이 폭발해 버린 것이다.

"악."

폭음에 밀린 서 기자가 대책 없이 나뒹굴었다.

'이런.'

미친 듯이 그녀를 끌어당겨 문 앞으로 옮겼다. 다시 고개를 드는 순간 뜨거운 공기가 폐를 태울 듯 밀려들었다.

"아악."

오 팀장의 비명도 함께 들려왔다. 불길의 안쪽이었다. 헥세인의 폭발로 퇴로가 막혀 버린 것이다.

펑.

한 번 더 헥세인의 폭발이 이어진다. 강력한 가연성물질이기에 그 위력은 장난이 아니었다.

'블랑쉬.'

전생을 생각했다. 그의 목숨을 앗아 간 것도 화재였다. 그렇기에 강토는 일단 물러설 수밖에 없었다. 그건 그냥 본능이었다.

하지만.

본능은 거기서 멈췄다.

블랑쉬는 불에 타 죽었다. 그 순간, 그는 너무나 간절했었다.

「살고 싶어.」

그 마음이 뼈를 치며 강토 뇌리를 휘저었다.

"살려 줘."

오 팀장의 비명이 점점 더 커진다. 강토를 대하는 마음이 그리 곱지는 않았던 사람. 그러나 지금은 그걸 생각할 때가 아니었다.

꿀꺽.

일단 주변 공기부터 분석했다.

'젠장.'

어려웠다. 폭발적인 가연성 때문에 공기 분자가 흉기로 변했다. 게다가 안에는 다른 헥세인 통들이 있었다. 그것까지 터지면 추출실이 날아간다. 섣불리 굴다가는 자칫 개죽음이 될 뿐이었다.

그 순간.

길이 생겼다.

뿌아악뿌아악!

화재경보기가 발악하더니 스프링클러가 터진 것이다. 덕분에 거친 불길이 순간적으로 주춤거렸다.

"살려 줘."

오 팀장의 비명이 더 커진다.

'후읍.'

다시 한번.

불길의 냄새를 분석했다.

"……!"

길이 나왔다. 스프링클러 덕분에 유독가스가 약한 공간이 생겼다. 주변을 돌아보니 꽃을 담아 온 통들이 보였다. 그걸 집어 들고 오 팀장에게 달렸다. 통은 방패에 다름 아니었다.

"불이야, 불."

등 뒤로 고함 소리가 들렸다. 연구원과 직원들이 달려온 것이다. 겨우 오 팀장을 확보한 강토가 그녀를 들쳐 업었다.

"강토야."

상미 절규도 들린다. 열기와 연기로 인해 앞은 보이지 않았다. 하지만 강토에게는 후각이 있었다. 유독가스가 약한 곳을 따라 필사적으로 움직였다.

"강토야."

상미 목소리가 더 가까워졌다. 그 앞으로 몇 걸음을 더 달려 나오자 공기가 변했다. 코를 압박하던 공기가 부드러워진 것이다. 그 변화와 함께 강토가 쓰러졌다.

"강토야."

상미 냄새가 느껴진다.

"윤강토."

유쾌하와 차 선생 냄새도 지척이다.

하아.

가물거리는 의식 속에서 다시 한번 주변의 냄새를 확인한다. 화재 냄새가 흐려진다. 직원들이 소화전을 끌고 온 것이다. 멀리서 달려오는 소방차 경적도 요란하다.

—블랑쉬.

—나는 죽지 않았어.

—죽지 않았다고.

절박한 독백과 함께 강토는 의식을 잃고 말았다.

*　　　*　　　*

돼지기름이 들어갔다.

소기름도 들어갔다.

커다란 솥단지 안에서 두 기름이 녹았다.

그 위로 수선화꽃이 부어졌다.

블랑쉬다.

블랑쉬가 커다란 갈고리로 꽃을 몰아넣고 있다.

수선화 향이 짙어져 간다. 꽃의 향이 유지로 옮겨지는 것이다.

블랑쉬가 타이밍을 재고 있다. 기름 농도가 진해지면 체를 동원해 거른다. 그 과정이 반복될수록 향은 포화를 향해 달려간다.

그 순간.

블랑쉬가 수선화를 휘달리는 그 순간.

수선화꽃 송이들이 불똥이 되어 휘날렸다. 주변에 있던 수선화 바구니에 불이 옮겨붙는다. 그 불꽃이 블랑쉬에게 쏟아지지만 블랑쉬는 미동도 하지 않는다.

이제는 그가 불이 되었다. 불이 되어 모든 것을 빨아들인다.

그럼에도 우뚝한 것은 그의 코다.

너무 우뚝해 섬뜩할 정도다.

블랑쉬.

강토가 그를 부른다.

그가 다가온다.

나도 죽은 거야?

강토가 마음으로 묻는다.

나도 너처럼 향기를 만드는 불에서 죽은 거야?

블랑쉬는 이제 강토 코앞이었다. 그가 강토와 합쳐진다. 불덩이 그대로 강토 안으로 불쑥, 치고 들어온 것이다.

"악."

비명을 지르며 눈을 떴다.

"윤강토."

할아버지가 화들짝 놀란다.

"강토요? 정신이 돌아왔어요?"

작은아버지 목소리도 들린다.

"강토야……."

울먹이는 소리는 상미다. 상미뿐만 아니라 다인과 준서도 보였다. 심지어는 손윤희도…….

"어이쿠, 강토야……."

할아버지가 자지러진다. 그런 모습은 처음이었다. 더러 면박도 주지만 언제나 강토의 거인이었던 할아버지…….

"닥터 한, 우리 강토 정신이 돌아왔는데 체크 좀 부탁해."

작은아버지가 뒤를 향해 외친다.

병원이다. 보아하니 응급실 구석이었다.

죽지는 않았네?

손이 코로 올라온다. 코는 제자리에 있었다. 그대로 숨을 들이켰다.

"……!"

강토 눈동자가 커진다. 소독약 냄새와 피 냄새, 그리고 참담한 느낌의 체취 분자들… 코는 제대로 무사했다.

"괜찮은데요?"

몇 가지 체크를 한 의사가 작은아버지에게 말했다.

"고맙습니다. 고맙습니다."

할아버지 허리가 부러진다. 보아하니 애 좀 태운 모양이었다.

"오 팀장님은요?"

강토의 첫마디였다.

"무사하네."

작은아버지 뒤에서 유쾌하의 목소리가 들렸다. 작은아버지가 비켜 주니 차 선생과 백 선생도 보인다.

"기자님도 있었는데?"

강토가 중얼거리자 유쾌하 뒤에서 손이 올라갔다. 서나연 기자였다.

"다행이네요."

"괜찮아요?"

서 기자가 다가와 물었다. 얼굴이 비정상적으로 붉지만 화재 때문이려니 하고 흘려 버렸다.

"네, 좀 뻐근하기는 해도……."

"미안해요. 나 때문에… 솔직히 카메라가 위험하다는 말은 들었는데 그렇게까지 즉각적으로 폭발할 줄은 몰랐어요."

"……."

"다행히 불길이 빨리 잡히고 인명 피해가 없어서 저 구속은 면했어요. 회사 측에서 배려를 해 주셔서……."

"그것도 다행이네요."

"학생 인턴이었다고요?"

"네."

"이 빚은 두고두고 갚을게요. 그러니까 빨리 일어나만 주세요."

"오 팀장님은요?"

"위층 병실에 있어요. 화상을 좀 입었다던데 심하지는 않아서 안정만 되면 곧 퇴원할 수 있다고 들었어요. 그러니까 걱정하지 말아요."

"예."

"강토야."

"윤강토."

서 기자가 물러나자 옴니스 멤버들과 손윤희가 다가왔다.

"강토야."

손윤희가 먼저 강토 손을 잡는다.

"이런 일이라니… 아무래도 인턴을 그만둘 걸 그랬잖아?"

"저는 괜찮습니다."

"그렇게 고생을 하고도?"

"인턴 잘 끝내고 거기 있는 향수 전부를 시향 할 거니까요."

"그것 때문이라면 인턴 안 끝내도 시향 가능할 거야. 그렇죠?"

손 여사가 유쾌하를 돌아본다. 유쾌하가 끄덕 긍정의 사인을 주었다.

"한번 시작했으면 끝을 봐야죠. 손 여사님 시그니처도 그렇게 해서 만들어진 거거든요."

"윤강토."

손 여사는 할 말이 없었다. 그 비하인드 스토리는 준서에게 들은 바가 있었다.

"준서 형."

손 여사가 심쿵하는 사이에 준서를 부른다.

"왜?"

"초콜릿 냄새 나네? 에센셜 오일 넣었지?"

"아오, 지금 네가 초콜릿 신경 쓸 때냐?"

"주문 들어온 거 아니면 나한테 선물해. 내가 좀 필요하거든."

"진심?"

"응, 진심."

"누구 부탁이긴 한데 네가 원한다면… 초콜릿이야 다시 만들면 되니까."

준서가 초콜렛 상자를 꺼내 놓았다. 초콜릿은 10개가 들어 있었다. 자리에서 일어난 강토, 제일 먼저 할아버지에게 한 알을 물렸다.

"걱정 끼쳐 드려 죄송합니다. 답례 초콜릿이에요."

"윤강토……."

심쿵한 할아버지를 지나 작은아버지 앞에 섰다. 강토의 발언은 똑같았다.

"작은아버지도요. 걱정 끼쳐 드려 죄송해요."

초콜릿 답례의 시작이었다. 손 여사에게도 주고 상미에게도 줬다. 서 기자와 차 선생에게도 건넸다. 마지막은 유쾌하였다.

"실장님, 저 잘리는 거 아니죠?"

그 앞에 우뚝 서서 초콜릿을 내민다.

"그건 내가 할 말 같은데?"

"그럼 감사합니다."

강토가 고개를 숙인다. 유쾌하의 손이 다가와 강토 어깨를 잡았다.

"오 팀장하고 서 기자님을 구했잖아?"

"그건 어쩌다 보니……."

"거기다 한 사람을 더 추가해야 해."

"추가요?"

"나도 포함이야. 자칫 인명 피해라도 났으면 나도 잘릴 일이었거든. 아니지, 안전관리가 어쩌고 하면서 구속되었을지도?"

"실장님……."

"농담 아니거든. 그러니까 기왕 구해 준 김에 한 가지만 더 도와 줘."

"제가요?"

"방금 오 팀장 병실에 들렀다 오는 길이었거든. 강토에게 할 말이 있는 눈치더라고. 괜찮으면 시간 좀 내줄래?"

*　　　*　　　*

"……."

"왜? 내키지 않아?"

"저는 상관없지만 오 팀장님이 불편하실 거 같아서요. 솔직히 말씀드리면… 제가 마음에 안 드시는 모양입니다. 그러니 괜한 스트레스가 될까 봐……."

"나도 알아. 추출실 데려간 것도 강토 코를 눌러 놓기 위해서였을 테고."

"팀장님이 그 말씀을 하셨나요?"

"오 팀장이 나름 의리파거든. 아마 남경수 학생에게 거는 기대감 때문이었을 거야. 예전에 알바로 왔을 때 일을 굉장히 잘했다고 하더라고. 그 후로 후견 비슷하게 관계를 이어 온 모양이고. 뭐 이창길 교수에, 그 친구 어머니가 우리나라 화장품 정책을 총괄한다는 부수적인 이유도 있고……."

'의리…….'

그렇게 볼 수도 있는 걸까?

"강토가 등장하기 전에는 그랬어. 그 친구를 촉망하는 눈치였지."

"……."

"그러니 경계심이 쉽게 수그러들지 않은 거야. 강토는 낯설고 남경수는 낯익었으니까."

"……."

"내 말 잘 이해가 안 되지? 하지만 그것만 빼면 좋은 사람이야."

"……."

"부담스러우면 다음에 볼까?"

"아닙니다. 가 볼게요. 병문안은 가야죠."

"병문안까지는 안 가도 돼. 너도 아직 환자야."

"저는 끄떡없습니다."

강토가 두 팔을 들어 보이며 웃었다.

인턴은 아직 절반 가까이 남았다. 그렇다면 피할 수도 없고, 피하고 싶지도 않았다.

"들어가 봐. 내 얘기는 하지 말고."

병실 앞에서 유쾌하가 문을 가리켰다.

똑똑.

노크를 하고 들어섰다.

"……."

기척을 내려다 그만두었다. 오 팀장은 잠들어 있었다. 체취를 맡아 보니 큰 이상은 없어 보인다.

'다행이네.'

얼굴빛까지만 확인하고 돌아섰다. 자는 사람을 깨울 수는 없고 그렇다고 무작정 기다릴 수도 없었다.

그때였다.

부스럭 소리가 나더니 오 팀장 목소리가 들렸다.

"윤강토?"

소리에 끌린 강토가 돌아본다.

"오 팀장님?"

"여긴 어떻게?"

오 팀장이 상체를 세운다.

"저는 퇴원할 거거든요. 여기 계신다기에……."

"퇴원? 벌써?"

"네, 보다시피 멀쩡해요."

"……."

"……."

잠시 침묵이다. 그래서 어색하다. 하지만 그녀의 체취는 아침처럼 따갑지 않았다. 강토에 대한 경계와 반감의 각이 부드러워졌다는 뜻이었다.

"서 기자도 다녀갔었어."

"네에."

"강토 덕분에 살았다고……."

"뭘요."

"거기 앉아."

"괜찮습니다."

"내가 안 괜찮아."

오 팀장이 의자를 가리킨다. 별수 없이 엉덩이를 붙였다.

"아까 말이야, 추출실……."

"네……."

"실은 너 눌러 버리려고 데려간 거야. 독한 콘크리트나 앱솔루트를 구분하라고 해서 기 좀 죽여 버리려고. 그건 일반 향 냄새와는 차원이 다르니까."

"……."

"불길 속에서 너를 봤어. 꽃 담았던 통으로 불길을 막으며 달려오는……."

"……."

"그 전에 뭔가에 집중하던데 그 모습이 너무 생생해. 마치 불 냄새 분자의 분포도를 파악하는 것 같았다고나 할까?"

"……."

"혹시 진짜 그랬어?"

"네."

"역시……."

오 팀장이 창백해진다. 창백함이 남은 반감마저 밀어내니 이제 오기 같은 건 한 톨도 엿보이지 않았다.

"솔직히 그때는 강토가 학생이 아니라 초인처럼 보였어. 범접하기 어려운 존재……."

"……."

"그걸 보면서 정신을 잃었는데 깨어나니 병원이네."

"……."

"내 꼴이 우스웠어. 나는 너를 꿇리려고 데려갔는데 너는 그런 나를 목숨 걸고 구해 주다니……."

"거기 제가 아니라 다른 사람이 있었어도 팀장을 구했을 겁니다."

"아니."

오 팀장이 고개를 저었다.

"불길의 세기를 읽는 건 너밖에 없었을 거야."

"……."

"나는 강토에게 호의적이지 않았어. 그거 알고 있었지?"

"괜찮습니다. 학생 인턴이라는 거 원래 그렇지 않나요? 저 3학년 방학 때 화공 회사에서 한 달간 인턴 했는데 한 달 내내 청소에 시약병 정리만 하다 왔거든요."

"그거하고도 달라. 난 추출실 폭발을 본 적이 있어. 일본에서 한 번, 교환으로 간 그라스 향료 회사에서 한 번……."

"……."

"일본에서는 그 안에 있던 사람 셋이 다 죽었고 그라스에서도 한 명이 죽고 한 명은 중상을 입었어. 추출에 쓰는 용매… 얼마나 위험한지 누구보다 잘 알아. 그래서 추출실 관리 하나는 철저하게 했는데 오늘 특종에 눈먼 신참 기자에게 뚫린 거야."

"……."

"아까 서 기자 들어왔을 때 따귀를 갈겨 주었어. 그것도 두 대씩이나."

따귀.

그제야 서 기자의 붉은 얼굴이 이해가 되었다.

"추출실은 그만큼 위험하니까. 특종 따위의 공명심조차도 허용할 수 없거든."

"그러셨군요."

"하지만 진짜 따귀를 맞을 사람은 나였어. 원래는 그 안에 직원이 아닌 사람이 있으면 내가 또 체크를 해야 해. 그런데 강토 눌러 버릴 생각에 잊고 있었던 거지."

"……."

"서 기자의 핸드폰… 냄새로 알았지?"

"……?"

"서 기자가 그러더라. 자기가 꼭꼭 숨겼는데 꺼내기 무섭게 강토가 돌아보더라고. 마치 먹잇감의 냄새를 맡은 맹수처럼 말이야."

"……."

"왁스에 콘크리트, 앱솔루트도 구분이 가능하다고 했었지?"

"예……."

"솔직히 안 믿었는데 이젠 믿을게."

"팀장님."

"장 폴 겔랑이 소년이었을 때 오직 냄새만으로 수십 병의 위스키 중에서 가장 오래된 것을 찾아냈대. 유 실장님 말이 맞아. 그런 건 믿으면서 왜 강토가 하는 건 안 믿으려 했을까?

나도 프랑스에서 유럽 조향사들에게 무시를 당할 때 한국에서 기막힌 후배가 나와서 이것들 좀 잘근잘근 밟아 줬으면 했던 사람 중 하나인데……."

"……."

"윤강토."

"네?"

"일단 인사부터 할게. 나 구해 줘서 고마워."

"팀장님……."

"그리고 솔직히 뭔가 수작이 있다고 생각했던 농부르 띠미드 재현, 내 향수 재현 다 믿어. 그걸 믿을 수 없었던 건 알량한 내 자존심 때문이었겠지."

"……."

"또 한 가지 사과할 게 있는데 남경수 말이야, 내 향수 재현할 때……."

"팀장님이 포뮬러를 알려 주셨죠?"

"어머, 그것도 알고 있었어?"

오 팀장이 살짝 뒤집어진다.

"평소의 경수와 달랐거든요. 향 원료를 넣는 차례… 그건 전문가의 공식이었어요."

"맙소사. 그럼 알면서도……?"

"지나간 일이니까 신경 쓰지 않으셔도 됩니다."

"윤강토……."

"향수 재현, 믿어 주시니 고맙습니다."

"고마운 건 나야. 대놓고 갈구었는데도……."

오 팀장 목소리는 어느새 부드럽게 변해 있었다.

"아닙니다. 팀장님 덕분에 콘크리트와 앱솔루트 향을 질리도록 맡아 본 걸요."

강토가 웃었다.

"그게… 중요해?"

"그런 거 경험하려고 인턴을 왔으니까요."

강토는 겸허하다. 그럴 때마다 문득문득 거인을 보고 있다는 착각이 들었다. 오 팀장이 조향 초짜일 때 만나던 이그제티브 조향사들처럼.

"윤강토."

"네, 팀장님."

"미안하고 고마워. 염치가 없어서 더는 할 말이 없다."

"저도 팀장님이 솔직히 말씀해 주셔서 너무 고맙습니다."

분위기가 부드러워질 때 경수가 들어왔다. 그가 오 팀장의 지인들의 도착을 알렸다. 강토가 일어서기 딱 좋은 타이밍이었다.

좋았어.

나오는 강토 발길이 가벼웠다.

톡톡.

복도에 있던 유쾌하가 어깨를 토닥이며 강토를 격려했다.

아주 좋았어.

이만하면 감정 정리의 어코드로 손색이 없었다.

"윤강토."

엘리베이터 버튼을 누를 때 경수가 다가왔다.

"왜?"

"할 말 있다."

"뭔데?"

"팀장님이 얘기하셨다며? 저번에 향수 재현하던 날……."

"그거 다 잊었다고 말씀드렸는데?"

"면목 없다."

경수가 어색하게 웃었다.

"네가 왜? 네가 원한 일도 아니었을 텐데?"

"아닌 것도 아니야. 보란 듯이 재현해서 네 코를 밟고 팀장님에게 인정받고 싶은 마음이 있었으니까."

"난 괜찮아."

"이해해 주니 고맙다. 그리고… 그 향수 진짜 대단했어. 나중에 팀장님 몰래 시향 해 봤는데 진짜 더 좋아 보이더라."

"진심?"

"진심, 그리고 사고 장면 CCTV로 봤는데 그건 더 대단. 마치 어벤저스들 같았어."

"CCTV도 돌았어?"

"행정실 직원들이 점검하는 거 어깨너머로 봤어. 와아, 너 진짜……."

경수가 엄지를 세워 보인다. 무시 아니면 견제 쪽이었던 경수의 각도 거의 느껴지지 않는다. 이 또한 부가 소득이었다.

"말이라도 그렇게 해 주니 고맙다. 나 기다리는 사람들 있어서 먼저 간다."

강토가 돌아섰다.

오 팀장에 이어 경수까지.

이만하면 목숨 걸고 불길을 뚫었던 소득으로 나쁘지 않았다.

"우와, 진짜?"

스타빅스에서 상미 목소리가 튀었다. 다인과 준서 역시 귀를 바짝 세웠다. 할아버지를 먼저 돌려보내고 뭉친 옴니스였다.

"그렇다니까."

강토가 웃었다.

"대박, 그 남극 펭귄 발바닥 아래의 얼음장 같던 오 팀장님이 사과를 했단 말이지?"

"야, 생명의 은인이잖아?"

상미가 혀를 차자 다인이 끼어들었다.

"넌 몰라서 그래. 오 팀장은 바늘로 찔러도 피 안 나올 사람이었어. 강토하고 나한테는."

"그렇게 사람을 차별했단 말이야?"

준서가 물었다.

"그렇다니까. 물론 내가 발단을 제공하기는 했지만……."

"하긴 너도 문제 있었다. 프로 조향사들 앞에서 담배가 뭐야? 평소에 피우던 것도 아니면서……."

다인이 상미에게 눈치를 준다.

"야, 모르면 가만히 있어. 거기 온갖 희귀 향수에 어워드 수상작들이 빼곡한데 어쩌라고? 다시 올 기회도 아닌데……."

"그래서? 시향은 제대로 했냐?"

"하긴 뭘… 내 코는 담배 연기 입자로 무한 코팅을 해도 오십보백보더라."

"그래서 오 팀장이라는 여자가 닦아세우다가 자기 향수를 깼고?"

"응, 강토가 달려와서 사과하고 향수 재현해 줄 수 있다고 하니까 바로 폭발한 거지. 인턴 주제에? 그 분위기 알지?"

"아, 씨. 내가 다 열받네. 아무리 잘못했어도 그렇지. 강토 실력도 모르면서."

"어쩌겠냐? 이창길 교수님이 현역일 때 부사수 조향사에 경수 엄마가 식약처 화장품 정책 책임자로 엮였으니 만만한 우리만 갈궈 댄 거지."

"하지만 상대를 잘못 만났네? 상대는 이제 막 향수에 득도하고 향수 중생을 구제하러 나온 천하무적 옴니스의 대표 리

더 윤강토."

준서가 양념을 쳐 준다.

"그만들 해. 이 교수님도 그렇고 오 팀장님도 그렇고… 이해는 할 것 같아. 처음부터 졸업반까지 후맹으로 살던 인간이 갑자기 후각 천재처럼 나대니까 혼란스러웠던 거야. 처음에는 다인이 너하고 준서 형도 그랬잖아?"

"그건 인정."

준서가 손을 들었다.

"대박이다. 그런데도 향수 재현 성공한 후에 정식 급료 주겠다는 것도 마다하면서 대신 희귀 향수 시향을 할 수 있게 해 주세요?"

다인이 강토를 바라보았다.

"뭐 돈도 중요하지만 향수 공부하러 간 거니까."

"희귀템 시향지 얻으면 우리도 부르는 거다?"

"당연하지. 하지만 맨입으로는 안 돼."

"좋아. 미리 예약하는 의미로 이 형이 오늘 쏜다. 가자."

준서의 마무리였다.

오 팀장이 출근한 건 3일 후였다.

프랑스 방문객이 오는 날이었다. 덕분에 강토와 상미는 또 청소에 투입되었다. 이번에는 경수와 은비도 함께였다. 넷이 하니 둘일 때보다 빨랐다. 먼지 나고 땀 나는 일을 같이하다 보니 친해지는 계기도 되었다. 새침한 은비도 알고 보니 그렇게 까칠하지 않았다.

추출실도 정비가 끝났다. 화재의 악몽은 새로운 인테리어와 함께 사라졌다. 장비도 새것으로 바뀌었다. 강토는 다른 소득도 있었다. 화기를 먹어 폐기 대상이 된 콘크리트와 앱솔루트를 얻은 것이다.

"와아, 산뜻하네?"

시약실 정리가 끝날 때쯤 오 팀장이 들어왔다. 상미와 함께 희귀 향수를 구경하던 강토가 오 팀장을 맞았다.

"좋은데?"

오 팀장이 웃었다. 지난번 이 방에서 만났을 때와는 표정이 완전 달랐다.

"더 시킬 거 없나요?"

강토가 물었다.

"이 정도면 됐어. 오늘 오시는 분은 꽃 재배 단지 둘러보고 우리 꽃 향료와 샘플 향수 자문을 하실 거라서 여기는 안 올지도 몰라."

"네……."

"몸은 어때?"

"저는 아무렇지도 않습니다. 팀장님은요?"

"나도 괜찮아. 피부 화상도 많이 가라앉았고……."

"다행이네요."

"그나저나 윤강토, 이 방 희귀 향수하고 어워드 수상작들, 향료 저장고의 향 시향 하고 싶다고 했다며?"

"네……."

"그럼 해. 내가 직권으로 허락한다. 일단 샘플실부터."

"정말요?"

"그리고 손님이 일찍 가면 나하고 점심 먹자. 상미도 같이."

"감사합니다."

"블로터는 이걸로 쓰고. 후각 천재니까 초짜들처럼 펑펑 뿜어 대지는 않겠지?"

"그럼요. 딱 한 번씩만 하겠습니다."

시약실을 나설 때 차 선생이 다가왔다. 그런데 표정이 좀 어두웠다.

"팀장님."

"손님 오셨어?"

"네, 지금 도착했는데……."

"그런데 왜?"

"그게… 불어 동시통역에게서 연락이 왔는데 오다가 추돌사고가 나서 병원에 누워 있다네요. 도무지 못 올 것 같다고."

"뭐야? 이제 와서?"

오 팀장 목소리가 확 높아졌다.

"교통사고라니 어쩌겠어요. 다른 통역을 수배해 봤는데 그분은 오늘 세종시에서 프랑스 대사 통역이 있어서 내일이나

올 수 있다고……."

"맙소사, 이게 무슨 날벼락이야. 내일은 안 돼. 저쪽 스케줄 보니까 오늘 우리랑 미팅하고 저녁에 일본으로 가."

"어머, 에이전시 손 대표 차량이 도착했대요."

대화 중에 문자를 본 차 선생이 사색으로 변했다.

"미치겠네. 실장님은? 아셔?"

"일단 시간 끌어 보신다고 대안을 찾아 보라는데… 향수 기본 상식을 가진 통역 중에서 가장 빨리 연결되는 사람이 오후 2시나 되어야……."

"안 돼. 자문료는 선불로 지불했는데 이렇게 되면 우리만 허당이야. 더 찾아봐. 직원들 라인 전부 동원해서."

오 팀장의 목소리가 찢어질 때 강토가 손을 들고 나섰다.

"팀장님."

"응?"

"불어라면 제가 할 수 있는데요."

"윤강토……."

차 선생이 울상을 짓는다. 향수에 대한 천재성은 인정받았다. 하지만 이건 불어였다. 여행 회화 몇 마디 해서 되는 게 아니라 전문적인 동시통역.

그러자 강토 입에서 유창한 불어가 흘러나왔다.

"Il ne faut pas juger de l'arbre par l' écorce. On ne fait pas d'omelette sans casser des oeufs."

—보이는 대로 판단하지 마세요. 때로는 약간의 위험도 감수하는 게 좋아요.

오 팀장과 차 선생.

불어는 기본 정도에 불과하다. 하지만 히어링 능력은 있었으니 귀가 번쩍 뜨이는 원어민 발음이었다.

제3장

조향 대가와의 해후

"윤강토?"

오 팀장의 벌어진 입은 쉽게 닫히지 않았다.

"지난번과 비슷한 상황이네요. 향수가 깨졌을 때도 제게 맡겨 달라고 했었죠?"

"……."

"저 한 번만 더 믿어 주세요."

"……."

"팀장님, 한번 해 보죠. 제가 듣기에는 굉장한 실력인데요? 게다가 조향 전공이니 전문용어 문제도 없을 테고요."

차 선생은 강토를 지지했다.

"진짜 가능하겠어?"

오 팀장이 최종 확인에 나선다.

"네, 팀장님."

"알았어. 여기서 잠깐 기다려."

오 팀장이 샘플실을 나갔다.

"윤강토, 빨리."

잠시 후에 돌아온 차 선생이 강토를 불렀다. 그렇게 불려 간 곳은 유쾌하 앞이었다. 이 원장도 있었다.

"네가 불어를 한다고?"

유쾌하가 물었다.

"네, 실장님."

"어느 수준이야? 정확하게 말해 봐. A급, B급, C급?"

"동시통역 가능합니다."

"윤강토."

유쾌하의 눈이 뒤집혔다.

동시통역.

조향 전공 학생이라고 불어를 하지 못하라는 법은 없었다. 하지만 동시통역. 그건 아무나 하는 일이 아니었다. 특히나 조향 비즈니스다. 이 일을 제대로 할 수 있는 불어 통역사는 한국에도 많지 않았다.

"이거 굉장히 중요한 일이야. 그런데 동시통역?"

"가능합니다."

강토 대답은 변하지 않았다.

"미안하지만 몇 마디 해 보겠나?"

이 원장이 강토를 바라보았다.

"Ne vous inquiétez pas. Je peux le faire."

느 부 젱끼에떼 빠… 걱정하지 마세요…….

유창한 발음이 나왔다.

"일단 손 대표에게 상황을 타진해 보세. 그 친구 동의가 먼저니까."

이 원장이 유쾌하를 바라보았다.

"알겠습니다."

유쾌하가 일어섰다.

"허얼!"

설명을 들은 손 대표가 한숨을 쉬었다. 거절 각이었다. 유쾌하 옆에 선 강토는 그의 체취로 분위기를 알 수 있었다.

"조향학과 졸업반……."

소파의 그가 쓴웃음을 지었다.

"유 실장님."

"예."

"실망이군요. 나한테는 분명 조향에 이해가 높은 장순하 통역사를 연결했다고 하지 않았었나요?"

"그분이 오는 길에 교통사고를 당해서……."

"그럼 차선책이 있었어야죠. 이렇게 되면 아네모네 측의 계약위반입니다."

"죄송합니다."

"이렇게 중요한 일에 대학생… 이래 놓고 자문을 진행하자고요? 좋은 결과 나오겠어요?"

"……."

"저분이 그렇게 서투른 레벨이 아닙니다. 그렇잖아도 탐탁지 않아 하시는 분을 겨우 모셨는데… 부득이한 사유라고 말씀드리고 철수하겠습니다. 이쪽 귀책사유니 할 말 없으시겠죠?"

"손 대표님, 윤강토가 비록 학생이지만 향수에 조예가 깊습니다. 그러니 일단 그분과 만나게라도……."

"그래서 대화가 안 되면요? 엉성하게 준비한 꼴이 됩니다. 그럼 아네모네에게 더 큰 치명타 아닙니까? 차라리 팩트대로 통역사가 교통사고가 났다고 하는 게 나도, 당신들 이미지에도 좋을 거 같습니다."

"손 대표님……."

"그만 가 보겠습니다."

"잠깐만요."

나가려는 손 대표를 강토가 막았다.

"뭐야?"

"대표님은 불어를 하십니까?"

"조금 하네만."

"Alors, si c'est le cas, Essayez—moi."

강토의 언어가 불어로 바뀌었다. 단 한마디지만 원어민이 온 듯한 발음이었다.

"……?"

"무엇이든 괜찮습니다. 만약 마음에 안 드신다면 두말없이 물러나 드리겠습니다. 하지만 제가 불어에는 자신 있습니다."

강토의 불어가 계속 이어졌다.

"제게 부족한 건 동시통역 자격증뿐입니다. 설마 그게 필요한 건 아니겠죠?"

"이 친구?"

"향수에 대한 상식도 누구 못지않게 갖췄습니다. 각 노트와 향료의 특성, 천연향료와 합성향료의 차이점은 물론이고 아네모네가 시도하는 한국 야생화 프로젝트도 숙지하고 있습니다. 그러니 전달하고자 하는 내용을 누구보다 완벽하게 전할 수 있습니다. 그런데 학생이라는 이유만으로 그냥 돌아가신다면 대표님께 손해가 될 겁니다. 계약 내용은 모르지만 그만두는 것보다 낫지 않을까요?"

"……."

손 대표는 벌어진 입을 다물지 못했다. 강토가 한 불어 중에는 그 자신이 알아듣지 못하는 어려운 말도 섞여 있기 때문이었다. 그러나 한 가지는 명백하게 들렸다.

「그냥 돌아가면 손해가 될 겁니다.」

그건 닥치고 팩트였다. 그의 회사는 유럽 조향 전문가와 한국 아네모네의 연결 고리를 맡은 에이전시였다. 이대로 돌아가면 프랑스 조향계는 물론, 아네모네와의 미래도 부드럽지 못할 일이었다.

"아니, 이건 학생 수준이 아니잖아요?"

놀란 손 대표가 유쾌하를 돌아보았다.

"허락하시는 겁니까?"

"학생, 프랑스에 살다 왔나?"

손 대표 눈에 호의가 깃드는 게 보였다.

"조금요."

"그럼 그렇다고 말을 하지. 난 또 불어 몇 마디 띄엄거리는 친구인 걸로 생각했잖아."

"기회를 주지 않으셨죠."

"됐어. 뭐 이 정도라면… 일단 저쪽에 계신 분께 말씀드려 보죠. 아시겠지만 이분들이 거짓말하는 걸 굉장히 싫어하거든요."

손 대표 입에서 절반의 수락이 나왔다.

"이것 참……."

유쾌하는 잠시도 앉지 못하고 서성였다. 늘 묵직하고 신뢰감이 넘치던 유쾌하. 그조차 조바심을 낸다. 그도 사람인 것이다.

강토 옆에서는 오 팀장이 굳어 있다. 소식이 궁금해 들어온 그녀 역시 긴장 백배이기는 마찬가지였다.

손 대표는 5분쯤 지나서야 돌아왔다.

"유 실장님."

목소리보다 체취가 먼저였다. 긍정의 냄새가 탱탱하니 수락이었다. 강토의 예측은 손 대표 입에서 증명이 되었다.

"기왕 온 것이니 일단 학생을 만나 불어 수준을 보기는 하겠다고 합니다."

"윤강토."

유쾌하가 강토를 돌아보았다.

"저는 준비되었습니다."

강토는 옷깃까지 제대로 여민 후였다.

"윤강토."

오 팀장이 강토를 바라보았다.

"제가 재현한 향수 시향 했을 때 기분 어떠셨어요?"

"겉으로는 태연했지만 사실 기절 직전이었지. 그건 거의 기적이었으니까."

"그 기적 한 번 더 기대하세요."

"부탁해."

오 팀장이 강토 어깨를 잡았다.

그 길로 손 대표와 유쾌하의 뒤를 따랐다. 프랑스 조향 전문가는 VIP룸에 있었다. 앞에서 대기 중인 차 선생이 길을 내

주었다.

"들어갈까?"

문 앞에 선 손 대표가 강토를 돌아보았다.

네.

…하고 말하려는 순간 강토가 얼어붙고 말았다. 안에서 나는 체취 때문이었다.

"왜? 문제가 있어?"

유쾌하가 물었다.

"그게……."

"뭐야? 떨리는 거야?"

손 대표 인상이 찡그려졌다. 강토가 겁을 먹은 것으로 판단한 눈치였다.

하지만.

강토의 주저는 그 때문이 아니었다.

"잠깐만요."

몸을 추스른 강토가 눈을 감았다.

손 대표와 유쾌하는 점점 더 우려가 된다. 어린 학생, 그 한계라고 생각한 것이다.

둘의 반응과 상관없이 강토는 집중했다.

이 체취…….

분명 낯익었다. 그러나 이 원장의 것도 아니고 부사장의 것도 아니었다. 이 냄새는 분명 프랑스인의 냄새다. 그럼에도 불

구하고 강토와 만났던 사람…….

누구?

"……?"

순간 코 안의 체취가 이름 하나를 찾아냈다.

그라스.

거기서 만난 기품 넘치는 조향사. 강토에게 최초로 조향 오르간을 허락해 준 사람.

'스타니슬라스 뒤랑.'

그 사람이었다.

"두 분……."

강토가 어깨를 펴고 시선을 바로 세웠다.

"……."

"죄송하지만 안에 계신 분은 제가 아는 분입니다. 그러니 제가 먼저 인사할 수 있게 시간을 좀 주시겠습니까?"

"안에 있는 분을 안다고?"

손 대표 눈이 휘둥그레졌다.

"네."

강토 대답은 미치도록 명쾌했다.

"학생, 이분은 한국 사람이 아니라 프랑스 사람이야. 게다가 프랑스 조향계에서도 원로에 속하시는 거물이라네."

"알고 있습니다."

"그런데 학생이 안다고?"

"이분 이름은 스타니슬라스 뒤랑, 그라스의 대표적 향료 회사의 부사장이자 수석 조향사십니다. 맞습니까?"

강타가 되물었다. 자신감과 열정으로 가득한 얼굴. 그 표정은 이미 손 대표를 압도하기에 충분하고도 남았다.

"실장님."

돌연한 상황에 놀란 손 대표가 유쾌하를 돌아본다. 그때 강토가 사진을 열어 보였다.

"이분 아닙니까?"

사진이었다.

그라스의 아스포, 그리고 그의 조향실.

그걸 배경으로 찍은 강토와 스타니슬라스가 또렷했다.

"……?"

손 대표는 할 말을 잊었다. 스타니슬라스가 맞았다. 강토도 맞았다.

끄덕.

사진을 본 유쾌하가 수락의 눈빛을 보냈다.

똑똑.

노크 소리가 복도의 적막을 가른다. 강토 손이 문을 밀었다. 손 대표와 유쾌하의 시선은 강토에게 박혀 움직일 줄을 몰랐다.

"안녕하세요? 스타니슬라스 선생님."

안으로 들어선 강토가 인사를 했다. 아네모네의 자료를 보던 스타니슬라스가 천천히 고개를 들었다. 그러다 그 눈이 강토와 마주쳤다.

"맙소사."

스타니슬라스가 기겁을 했다.

"오늘 통역을 맡은 분이 교통사고로 오기가 어렵게 되었습니다. 부족하지만 제가 선생님의 통역을 맡아도 될까요?"

강토가 정중하게 물었다.

"당신… 윤강토?"

"기억해 주셔서 감사합니다."

"오 마이 갓, 이럴 수가……."

스타니슬라스가 총알처럼 일어섰다. 강토는 반듯한 자세로 그의 허락을 기다렸다.

"이게 꿈인가, 생시인가? 그렇잖아도 한국에 내리자마자 혹시라도 당신을 만날 수 있을까 두리번거리던 차였습니다."

"통역, 허락해 주시겠습니까?"

"당연하죠. 내 푸제아 로얄 복원품을 알아맞힌 당신이라면 더 무엇을 바라겠습니까?"

스타니슬라스가 두 팔을 벌렸다. 강토가 그의 허그에 응했다. 그는 강토를 오래 토닥였다. 반가워하는 마음이 그의 체취로 전해 왔다.

"어디 봅시다. 맙소사, 진짜 당신이군요?"

"허락해 주셔서 감사합니다."

강토를 지켜보던 유쾌하와 손 대표가 비로소 긴장을 쓸어 내렸다.

"팀장님."

그 시각 차 선생이 팀장실 문을 박차고 들어섰다. 창가를 서성이던 오 팀장이 돌아보았다.

"차 샘, 어떻게 됐어?"

오 팀장이 물었다.

"팀장님, 윤강토 진짜……."

차 선생은 목이 메어 말을 제대로 잇지 못했다.

"거절이야?"

"아뇨, 그게 아니고……."

"그럼 뭐? 사람 숨넘어가게 하지 말고 빨리 말해 봐."

"윤강토 말이에요. 진짜 괴물이에요, 괴물."

"무슨 소리야?"

"프랑스 거물 조향사 있잖아요? 윤강토랑 아는 사이래요. 그분이 어찌나 반가워하는지 저 놀라서 응급실 실려 갈 뻔했다니까요."

차 선생은 거의 헐떡이고 있었다.

"윤강토가?"

"아, 윤강토… 이건 정말……."

"그래서? 통역하기로 했어?"

"당연하죠? 그분이 오히려 더 반색을 하더라니까요."

"실화야?"

"그렇다니까요. 이거 완전 전화위복 같아요. 실장님도 고무되셨고요, 원장님도 보고받으시더니 벌린 입을 다물지 못하시더라고요."

"윤강토가……?"

오 팀장이 얼어붙었다. 조바심은 간데없고 벼락같은 경외감만 밀려왔다.

윤강토.

첫인상은 그저 그런 학생이었다. 후맹에 가깝다기에 코웃음만 나올 뿐이었다. 하지만 이후의 행보는 놀라움의 연속이었다. 향 포집에서 보여 줬다는 뛰어난 후각 능력. 그건 오 팀장이 보지 못했으니 패스했다. 그 뒤로 이어진 놀라운 사건들…….

손윤희의 인생 시그니처를 재현한 실력에 오 팀장의 향수 재현. 나아가 추출실에서의 인명구조…….

여기까지만 해도 아찔한 판에 불어 실력까지 갖추고 있었다. 불어는 조향에 있어 제3의 실력이 될 수 있다. 그런데 이번에는 프랑스 조향 거물과도 아는 사이? 그냥 아는 것도 아니고 그가 그토록 반기는 사이?

"아……."

오 팀장은 결국 다리가 풀리고 말았다.

*　　　*　　　*

"윤강토와 인연이 있다고요?"

이 원장에 오 팀장까지 합류한 자리에서 유쾌하가 물었다. 유쾌하도 기본 불어 정도는 가능한 수준이었다.

"벼락같은 인연이었죠. 장미로 인한……."

"장미라고요?"

"5월의 그라스였습니다. 회사 소유 농장에서 관광객을 상대로 희귀 장미종을 찾는 이벤트를 벌였는데 이 학생이 한 방에 찾아서 온 거예요. 그런 일은 처음이었죠."

스타니슬라스의 말은 강토의 통역을 거쳤다. 거침이 없다. 이 원장은 신기하다는 듯 촉각을 곤두세웠다. 강토의 불어… 보고 또 봐도 신기한 것이다.

"그 인연은 아스포의 실습실로 이어졌습니다. 관광객들에게 교육생들 실습 장면을 공개했는데 졸업이 가까운 학생들도 맞히지 못하는 문제를 강토 씨가 풀었거든요."

"와우."

유쾌하의 감탄이 장단을 맞춘다.

"그게 무슨 노트인지 아십니까? 무려 카이피였습니다. 조향사라면 누구든 한 번은 도전하고 싶은 카이피……."

카이피.

그 단어 앞에서 유쾌하의 표정이 굳는다. 그건 현재의 유쾌하도 쉽게 맞힐 수 없는 포뮬러였다.

"……."

"제 놀라움의 끝은 거기가 아니었죠. 그때, 노트를 다 맞히면 상으로 제 조향 오르간 사용권을 주기로 했는데 그 자리에 앉은 강토 씨가 어땠는지 아십니까?"

스타니슬라스가 좌중을 돌아본다. 그는 아이처럼 들떠 있었다.

"두 분은 조향사시니 아시겠군요. 폴 파르케의 푸제아 로얄."

"푸제아 로얄요?"

유쾌하와 오 팀장이 동시에 반응했다. 스타니슬라스의 말처럼, 조향사라면, 모를 수 없는 이름이었다. 향수의 한 역사가 아닌가?

"제가 그 향수도 복원을 시도하고 있었거든요. 그 또한 강토 씨가 맞혀 버렸습니다. 솔직히 눈을 의심했죠. 조향사는 아니라고 하고 나이도 어렸습니다. 있을 수 없는 일들이 거푸 일어났는데 결국은 믿을 수밖에 없었어요. 그건 우연으로 맞힐 수 있는 것들이 아니었으니까요."

"와아."

오 팀장이 강토를 돌아본다. 얼굴이 뜨거워진 강토가 고개를 숙였다.

"그러던 중에 한국 에이전시에서 아네모네의 자문을 의뢰해 왔어요. 솔직히 말씀드리자면 별생각이 없었습니다. 그래서 거절을 했는데 문득 강토 씨 생각이 나는 거예요. KOREA, 윤강토가 코리안이었지?"

"……"

"그 이름이 저를 당기더군요. 코리아에 간다고 찾을 수 있는 게 아니라는 걸 알면서도 덥석 사인을 하고 말았습니다."

"감사합니다."

강토가 말했다.

"아닙니다. 이건 나의 행운이죠. 게다가 원래 나오기로 한 통역이 사고로 못 나오게 되었다고요? 이거야말로 드라마틱한 인연이 아닙니까? 강토 씨?"

"네."

"다른 분들은 어떻게 생각하십니까?"

"공감합니다."

유쾌하가 대표로 답했다.

"더 반가운 건 강토 씨가 역시 조향을 하고 있다는 사실입니다. 게다가 여기 아네모네라뇨? 아네모네의 안목에 깊은 찬사를 보냅니다."

이 말에 원장과 오 팀장이 얼굴이 뜨거워졌다. 그들이 강토의 재능을 알아서 데려온 게 아니었다. 더구나 상미의 실수를 이유로 쫓아 버리려던 촌극도 있었다. 그렇기에 더욱 뜨끔하는 분위기였다.

"그래서 말인데 유 실장님."

스타니슬라스의 시선이 유쾌하에게 옮겨갔다.

"예, 박사님."

"혹시 강토 씨도 아네모네의 신향 개발에 참여를 했을까요?"

"……?"

이번에는 유쾌하가 소스라쳤다. 강토의 재능을 높이 사고 있는 스타니슬라스다. 그런 강토를 인턴으로 데리고 있기에 높은 점수를 따고 있었다. 하지만 강토가 참여한 게 있을 리 없었다. 여름방학 동안만 인턴으로 데려온 까닭이었다.

뭐라고 답할까?

고민이 될 때 오 팀장이 구제의 동아줄을 내려 주었다.

"향 추출 작업을 맡아서 도움을 주었습니다."

"향 추출이라고요?"

"윤강토, 통역 좀 부탁해."

"네, 팀장님."

"윤강토의 재능을 높이 사 주시니 솔직히 말씀드리는데 박사님이 오시면 선보이려던 샘플 향수가 있는데 그중 하나를 깨뜨리게 되었습니다. 하지만 여기 윤강토가 재현해 놓은 게 있습니다."

오 팀장의 말은 강토를 통해 불어가 되었다. 이 원장은 아직도 강토에게 세팅된 촉각을 거둬들이지 못한다.

손 대표 또한 그랬다. 프랑스 향료 회사나 조향사들과 비즈니스를 많이 한 그였다. 그렇기에 불어 좀 하는 한국인도 여럿 알았다. 하지만 강토는 그들 누구에게도 못지않았다. 발음이면 발음, 어휘면 어휘, 심지어는 조향의 분위기까지 고스란히 옮겨 대니 벌린 입을 다물지 못할 지경이었다.

"강토 씨가 향수를 만들었단 말입니까?"

스타니슬라스가 반색을 한다.

"네."

"보고 싶군요. 볼 수 있을까요?"

"준비는 되어 있습니다."

"와우."

스타니슬라스가 두 손을 비볐다. 기대감의 표출이다. 통역 고민 따위는 시원하게 날려 주는 장면이었다.

하지만.

그 순간의 강토 눈빛이 어두워졌다.

강토가 재현한 오 팀장의 향수… 이런 과정을 겪게 될 줄 몰랐다. 다른 건 몰라도 그건 너무 한국적이었다. 스타니슬라스는 향수 본고장의 대가. 그렇다면 핀트가 맞지 않을 수 있었다.

한국적인 것.

모두가 세계적인 것은 아니었다.

특히 향수에서는.

개발실이 바빠졌다.

우리 꽃으로 만든 향수를 총출동시킨 것이다. 그 안에는 유쾌하의 것도 있고 차 선생과 백 선생의 것에 외부에 개발 의뢰 중인 것들도 있었다. 시향실에 준비된 건 모두 열네 가지였다.

"와아, 미치겠다."

준비를 마친 차 선생이 손을 부채 삼아 얼굴의 땀을 식혔다.

"여기요."

보조하던 상미가 티슈를 건네주었다.

"고마워."

"선생님도 떨리세요?"

"아니면? 너, 스타니슬라스 박사님이 누군 줄 아니?"

"잘 몰라요."

"지금은 전성기가 지나서 유명세가 떨어졌지만 한때는 조말론에게도 꿀리지 않던 분이셨어. 그 정도로 심오하신 분이라고."

"그런 분이 강토를 칭찬한 거예요?"

"그러니까 괴물이라는 거지."

"와아."

"아, 심장 떨려… 나 미국에서 연수받을 때도 이렇게 떨지는 않았는데……."

"좋은 평 나올 거예요."

"상미야, 너는 냄새 잘 못 맡잖아? 진작 강토한테 좀 물어볼걸."

차 선생의 긴장은 점점 더 커져 갔다.

"준비됐어요?"

그때 강토가 들어왔다.

"응, 지금 막."

"제가 먼저 시향 해 봐도 될까요?"

"당연하지. 그렇잖아도 네 말 하고 있었다."

차 선생이 상기된 얼굴로 샘플 상자를 내밀었다.

치잇.

강토가 향수를 토출시킨다. 한 번이면 족하다. 표정은 그리 밝지 않다. 그래도 내색하지 않았다. 열네 향수를 다 시향 한 후에 상미와 의견을 나눈다. 상미는 표현력이 뛰어나다. 그걸 참고하려는 것이다.

하지만.

상미는 후각이 약하다. 진도를 빨리 나가지 못한다. 그건 강토가 해결해 버렸다. 하트노트에 쓰인 에센스를 가져다 3배 정도 강한 향을 만들어 준 것이다.

"아하, 이 느낌."

그제야 상미 어휘에 불이 들어왔다. 향을 맡으며 쭉쭉 메모를 해 나간다. 상미만의 시향기인 셈이었다.

"상미, 너?"

옆에서 지켜보던 차 선생 눈이 휘둥그레진다.

"상미 굉장하죠?"

강토가 슬쩍 자랑을 한다.

"얘는 코로 갈 재능이 표현력으로 갔구나? 너, 우리 회사 향수 시향기 써도 되겠다."

"선생님이 좀 시켜 먹으세요. 지금 긴장해서 그렇지 평소에는 이것보다 더 좋다니까요."

"너희들 정말 알면 알수록 매력덩어리다, 얘."

"감사합니다."

차 선생의 칭찬에 상미가 뿌듯해졌다.

"내 향수는 어때?"

차 선생이 만든 향수 차례가 오자 조심스레 물어 온다.

"좋아요."

강토가 답했다.

"그러지 말고 솔직하게."

"그건 스타니 박사님에게 듣는 게 낫지 않을까요?"

"좋아, 안 좋아? 그것만 말해 봐."

"좋다니까요."

다시 확인해 주었지만, 그 기준은 '향수'가 아니라 한국인의 취향 쪽이었다.

"어머, 그분 오세요."

밖을 보던 상미가 소리쳤다. 복도 끝의 엘리베이터에서 유쾌하가 나오고 있었다. 그 옆에 스타니슬라스가 우뚝하다. 원장과 오 팀장 등도 그 뒤를 따랐다.

"선생님, 시향 보조는 상미에게 시켜도 될까요?"

강토가 물었다.

"지금은 네가 갑이거든. 너 편한 대로 해."

차 선생의 허락이 떨어졌다.

"준비됐어?"

유쾌하가 먼저 들어섰다.

"네."

강토가 답했다. 상미와 차 선생은 강토 뒤로 물러섰다.

"오, 이 작품들이군요."

스타니슬라스는 마음이 급했다.

"소개하겠습니다. 첫 번째 작품은 유쾌하 실장님 것으로 재스민과 투베로즈를 베이스노트로 삼았습니다. 잔향의 포인트로 나무수국을 넣어 투베로즈의 크리미한 매력에 숲의 달빛 재스민을 더해 한 편의 판타지아를 그렸는데 나무수국으로 달콤한 분위기와 재스민의 신선함으로 우아함을 더 부각시키는 한편 애틋함을 강조했습니다. 여기 쓰인 재스민이 바로 코리아의 재스민이랄 수 있는 백화등입니다. 이 꽃은 바람개비를 닮았습니다. 가만히 음미하면 바람처럼 나긋하게 속삭이죠. 이 향수의 백미입니다."

불어를 한 후에 상미에게 눈짓을 보냈다. 잔뜩 얼어 있던 상미가 겨우 정신을 차렸다. 강토 때문이었다.

유창한 불어 때문이었다. 강토가 영어와 중동어, 중국어를 하는 건 알고 있었다. 하지만 불어는 아니었다.

5월에 프랑스로 떠나기 전, 강토가 불어를 연습하는 걸 보았던 상미였다.

여러 나라 말을 하니 다른 외국어도 조금은 쉽게 배우겠지만 이 정도라고는 상상하지 못했다.

그런데…….

지금은…….

'배상미, 정신 안 차리지?'

강토가 눈에 힘을 주었다.

'미안.'

그제야 향수를 집어 드는 상미. 그 손이 파르르 전율을 했다.

'박사님 무서운 분 아니니까 편안하게.'

블로터를 건네주는 척 강토가 속삭였다.

치잇.

향수가 토출되었다. 상미가 스타니슬라스에게 건네준다.

그걸 받아 든 스타니슬라스, 코앞에 살랑 흔들더니 눈을 감았다.

"그렇군요. 마치 달무리가 선명한 밤에 향이 우거진 재스민 정원에 들어선 기분입니다."

스타니슬라스는 진지하다.

"백화등… 나무수국… 바람개비의 속삭임이라……."

눈을 감은 채 중얼거리며 두 번 세 번 들숨을 쉰다. 그때마다 향의 깊이를 따라 움직이는 눈자위와 주름살들. 시향 하나에도 대가의 품격이 우러나는 포스였다.

"다음은 푸제르에 미모사, 플로럴의 매칭인데 미모사 대신에 한국 야생화 뻐꾹나리꽃을 넣어 달콤함에 새로운 해석을 입혀 격조를 높인 작품입니다."

차 선생 차례다. 생존 불어밖에 모르는 차 선생이다 보니 스타니슬라스의 얼굴에 온 신경을 집중한다.

"미모사 대신 쓰인 꽃이 뭐라고요?"

"뻐꾹나리꽃입니다."

"조금 전의 나무수국은 단맛이 깊은데 이건 굉장히 포근하면서도 생동감이 느껴지는군요. 이 또한 굉장히 매력적입니다."

스타니슬라스가 웃는다. 강토가 차 선생에게 긍정의 눈짓을 보낸다. 분위기를 알아차린 차 선생, 고개를 돌리고 안도의 숨을 쉬었다.

외부 작품들 차례가 지나자 오 팀장 차례가 되었다. 그러나 그 향수는 강토가 재현해 놓은 것. 오 팀장 못지않게 강토도 고조되는 순간이었다.

치잇.

상미 손을 거친 블로터가 스타니슬라스에게 전해졌다.

"어떻습니까? 수선화와 인동덩굴이 연상되지 않습니까?"

강토의 통역이 시작된다.

"수선화와 인동덩굴이라면 순수?"

"맞습니다."

"이미지는 같군. 하지만 수선화와 인동덩굴이 아니네요?"

"그 향의 베이스는 한국 꽃 박꽃과 옥잠화입니다. 둘 다 밤에 개화하는 꽃으로 시리도록 흰 순백이죠. 은빛 달에 그린 수채화랄까요. 만약 박사님께서 한국의 대표 향을 원하신다면 저는 그중 하나로 옥잠화를 추천드릴 겁니다. 치장하지 않은 여인의 순수처럼 아련한 인상을 남기는 향이죠. 게다가 그 향은 수줍은 여인의 속마음처럼 또 다른 매력을 가지고 있습니다."

"또 다른 매력?"

"상미야."

강토가 사인을 주자 상미가 에어컨 온도를 내렸다. 실내 온도가 2도쯤 내려가자 불까지 꺼진다.

"이제 다시 한번 시향 해 보시겠습니까?"

강토가 블로터를 가리켰다.

"오옷."

블로터를 코로 가져간 스타니슬라스가 휘청 흔들렸다.

"맙소사, 향이 훨씬 더 깊고 풍부해졌습니다?"

"그게 바로 옥잠화의 매력입니다. 온도가 살짝 내려가면 은은한 향이 더 깊어지죠. 부끄러움 가득한 여인이 어둠 속에서 용기를 내어 사랑을 고백하듯 말입니다."

"오오오… 이럴 수가? 이 향 한 번 더 부탁드립니다."

스타니슬라스의 추가 주문이 나왔다. 오 팀장과 얼굴이 마주친 강토가 조용히 웃었다. 오 팀장의 표정이 달빛처럼 환하게 펴지고 있었다. 그녀 역시 불어는 띄엄띄엄의 수준. 그러나 지금 스타니슬라스가 자기 향에 관심을 표명하는 건 알 수 있었다. 그 계기가 강토의 유려한 통역이라는 것도.

"새로운 발견이군요. 매혹적입니다."

시향을 끝낸 스타니슬라스가 힘찬 엄지척을 날렸다.

후속 편으로 향수에 쓰인 한국 야생화들의 에센스를 선보였다. 스타니슬라스는 또 한 번 진지해진다. 에센스 하나하나의 향을 확인하고 식물성 에탄올에 떨어뜨려 자연스러운 향을 음미한다.

매사 건성이 아니었다. 그는 마치 미지의 세계를 탐험하는 탐험가와도 같았다. 향 분자를 해부라도 하는 듯 여러 표정으로 파고 들어가는 것이다.

지켜보는 모든 이들도 덩달아 진지해졌다. 숨소리조차 까치발을 들고 가는 듯 숙연한 분위기다. 그러나 이 샘플실의 지배자는 강토였다, 스타니슬라스 같은 거물을 소리도 없이 리드하고 있었다. 그걸 확인한 순간, 오 팀장은 치명적인 전율을 느꼈다.

괴물.

차 선생의 말이 딱이었다.

*　　　　*　　　　*

"흐음."

넓은 재배장으로 나온 스타니슬라스가 주변 공기를 흡입했다. 재배장의 비닐은 그의 방문에 맞춰 모두 개방되었다. 바람과 함께 여름꽃의 향이 섞이기 시작했다. 가을에 필 꽃들도 슬슬 향을 만들 준비에 들어갔다. 향수로 치면 여름꽃들이 하트노트였고 가을꽃들이 베이스노트처럼 느껴졌다.

"코리아의 꽃들……."

스타니슬라스는 향에 취해 있다. 강토는 함께 느꼈다. 스타니슬라스의 자리로 날아오는 향 분자가 파악되는 것이다. 이 자리에서 가장 강한 건 꼬리조팝나무꽃이었다. 다음으로 바람풀과 동자꽃이다. 며칠 전에 만개했던 술패랭이와 옥잠화, 박꽃의 향도 아직은 남았다. 그 향들이 어울려 후각망울을 간질이니 스타니슬라스가 취할 만도 했다.

만약 그가 20년만 빨리 왔더라면 지금보다 더 강한 느낌을 받았을 것이다. 20년의 전성기가 지나면서 그의 후각이 약해졌다. 꽃이 지듯, 위대한 조향사의 후각도 쇠퇴한다. 자연의 법칙은 조향사들에게도 예외가 없었다.

"아까 시향 한 향들이 고루 들어 있군요?"

눈을 뜬 스타니슬라스가 강토를 돌아보았다. 그 뒤에 선 사람들 모두가 그에게 흠뻑 빠져 있다. 아네모네가 야심차게 시도하는 유럽 시장에 대한 도전. 스타니슬라스의 평가에 따라 방향이 바뀔 수도 있는 까닭이었다.

"몇몇 향들은 봄꽃들이라 다 졌습니다. 하지만 꽃은 져도 잔향이 공기와 대지에 남았으니 박사님은 느끼실 수 있었을 겁니다."

강토의 불어가 다시 이어진다.

"옥잠화… 밤에만 핀다고요?"

"네. 하지만 몇몇 성급한 녀석들은 박사님을 위해 피어 있을 겁니다. 일부는 낮에 피기도 하니까요."

"그렇다면 나에게는 굉장한 행운이군요."

"가시죠."

강토가 재배동을 가리켰다. 옥잠화가 피는 그곳이었다.

"강토 씨."

"네, 박사님."

“나를 위해 수고 좀 해 주겠어요? 그라스에서의 장미처럼.”

“가장 향기로운 옥잠화를 가져다 드릴까요?”

“바로 그겁니다.”

“잠깐만 기다려 주세요.”

응답을 한 강토가 눈을 감았다. 향을 보니 재배동 안에는 30송이 미만의 옥잠화가 개화했다. 아직 이른 오후기 때문이었다.

“죄송하지만 조금 더 기다리셔야겠습니다.”

강토가 눈을 떴다. 아직은 인상적인 향을 머금은 꽃이 없었다.

그걸 본 유쾌하와 오 팀장이 또 한 번 놀랐다. 강토의 안목 때문이었다.

만약 오 팀장이라면.

만약 차 선생이라면.

저 거물의 위엄에 눌려 그중 하나를 골라다 주었을 것이다.

하지만.

강토는 달랐다. 거물이건 뭐건 자신의 중심을 가지고 있었다. 자기 기준 이하의 향이기에 움직이지 않았다. 그것은 향수의 법칙과도 같았다.

향수.

첫인상이 중요하다. 치잇 하고 토출되는 순간 0.07*ml* 분량의 향이 분사된다. 사람들은 그 첫 향에 구매를 결정한다. 그렇기에 강토가 서두르지 않는 것이다. 향수로 매력을 느낀 꽃을 직접 보는 순간이었다. 실제 꽃에서 실망하게 되면 향수의 감동도 떨어지게 마련이었다.

다행히 스타니슬라스도 기다렸다. 그가 프랑스 조향의 한 시대를 풍미했다는 건 이런 모습에서도 감지되고 있었다.

"마침 괜찮은 꽃 하나가 피어 주네요. 잠깐만요."

한참 후에야 강토가 걸음을 옮겼다. 바람이 잘 통하고 그늘진 곳이었다. 막 꽃망울을 터뜨린 옥잠화를 따서 스타니슬라스에게 건넸다.

"오."

숨을 들이켠 스타니슬라스가 몸서리를 친다. 긴장하던 사람들의 표정이 함께 밝아진다. 그 향은 두어 걸음 떨어진 유쾌하와 오 팀장도 느낄 수 있었다. 평균치를 두 배 정도 상회하는 향이었다.

끄덕.

유쾌하가 긍정의 사인을 보낸다. 스타니슬라스의 코는 옥잠화에 닿아 떨어질 줄을 몰랐다.

다음으로 스타니슬라스의 관심을 끈 건 꼬리조팝나무였다. 강토도 도감에서만 보았던 꽃이다. 그건 정말이지 천국의 정원처럼 아름다웠다.

"Queen of the Meadow네요?"

역시 스타니슬라스. 그는 꼬리조팝나무꽃의 이름을 알았

다. 초원의 여왕인 것이다.

"박사님은 보신 적이 있으시군요?"

"사진으로만 봤습니다. 이것도 부탁 좀 할까요?"

스타니슬라스가 꽃 무리를 가리킨다. 이 꽃은 이미 개화가 되었으므로 강토는 주저하지 않았다. 꽃 잔치를 벌인 꽃대를 따서 스타니슬라스에게 건넸다. 이 재배동에서 가장 강력한 향을 뿜어내는, 그러니까 여왕 중의 여왕이었다.

"흐음."

스타니슬라스의 들숨이 한없이 깊어진다. 후각세포 가득 도배하고 후각망울도 포화 상태로 가는 것이다.

"기막히네요."

고개를 살랑거리던 그가 눈을 뜨며 웃었다.

"마음에 드시나요?"

"그래요. 한국의 꽃, 뜻밖이군요. K팝만 강한 줄 알았더니 천연 향도 우수한 게 많습니다."

"조금 있으면 가을이 됩니다. 그때는 또 다른 꽃이 피지요."

"그래서 더 기대가 된다는 겁니다. 뚜렷한 사계절을 가진 나라이니……."

스타니슬라스가 꽃 무리로 다가선다. 꽃대 높이에 맞춰 무릎을 접는다. 코를 들이대는 모습이 평화로워 보였다. 강토는 방해하지 않았다. 강토가 그러니 다른 사람들 역시 접근 금지였다.

찰칵.

재배장 안에서 기념 촬영을 했다. 여러 장을 찍었지만 스타니슬라스는 싫증을 내지 않았다.

꽃을 돌아본 후에 기체색층분석기와 추출실 등을 돌았다. 그 설명은 오 팀장이 맡았고 강토가 통역을 했다.

"불이 났었군요?"

추출실 안에서 스타니슬라스가 물었다. 화기(火氣)를 맡은 것이다. 그의 코는 아직 명품 반열에 속했다.

"네, 어떤 기자의 영웅심 덕분으로 폭발이 있었습니다."

강토가 답했다.

"저런, 인명 피해는요?"

"없었습니다."

"윤강토, 기왕 말 나온 거 다 말씀드려. 강토가 나와 기자를 구한 것."

눈치를 차린 오 팀장이 주문을 던졌다.

"그건 그냥 지나가도 되지 않을까요?"

"박사님은 이미 궁금하신 눈친데?"

오 팀장이 밀어붙이니 강토가 화재의 사연을 전해 주었다.

"맙소사, 그런 일이 있었군요?"

스타니슬라스가 소스라친다.

"죄송합니다. 박사님께 역한 냄새를 끼쳐 드려서. 추출실은 화기가 완전히 빠질 때까지 돌리지 않을 겁니다."

강토가 마무리를 지었다. 향 분자는 예민하다. 화기가 빠지지 않은 채로 향 추출을 하면 그 냄새가 배어든다. 일반인은 모를 수 있지만 조향사들은 안다. 스타니슬라스는 강토를 걱정했지만 강토는 스타니슬라스를 안심시켰다.

마지막 코스는 완성된 합성 향 시향이었다.

스타니슬라스는 연꽃과 옥잠화, 꼬리조팝나무, 백화등에 관심을 보였다.

"완벽하군요. 꼬리조팝나무와 옥잠화는 아까 본 천연의 향과 거의 같습니다. 순수한 향 분자만으로 이루어진 게 아니로군요?"

"맞습니다. 천연 꽃의 상황을 구성하던 냄새 분자도 같이 섞었습니다. 꽃이 개화하는 계절과 시간, 그리고 그 꽃들이 좋아하는 주변 환경들까지."

오 팀장의 설명을 불어로 옮겨 주는 강토.

시향을 마친 스타니슬라스, 오 팀장을 향해 엄지를 우뚝 세워 주었다.

"안 떨려?"

막간의 휴식 중에 상미가 강토에게 물었다. 경수도 옆에 있었다.

"떨려 죽겠다. 왜?"

"야아, 팩트를 말해 봐."

"떨면? 라벤더 향이라도 적셔 주게?"

"그거야 어렵지 않지. 우황청심환이나 안정환 같은 것도……."

"나보다 유 실장님하고 오 팀장님이 더 떨고 계실걸?"

"하긴 그렇네."

"분위기 어때?"

경수가 물었다.

"스타니슬라스 박사님은 향수가 아니니까. 포퓰러처럼 리딩할 능력 없다."

강토가 자수를 했다.

"윤강토."

바로 차 선생 호출이 들어왔다. 결국 운명의 시간이 온 것이다.

세계 향수 시장에 도전장을 내려는 아네모네.

그 차별화로 한국 야생화의 향 분자에 투자를 했다.

그 가능성에 대한 자문을 스타니슬라스에게 맡겼다.

중간 체크를 하는 것이다.

한국 야생화의 향이 세계시장에서 통할 수 있을지 아닐지.

"어서 와."

귀빈실에 들어서자 오 팀장이 강토를 반겼다.

스타니슬라스와 유쾌하, 이 원장 등은 이미 착석하고 있었다.

오 팀장이 강토를 바라본다. 스타니슬라스의 총평이 궁금한 것이다. 그걸 위해 1시간 가까이 혼자 생각할 시간을 준 개발실이었다. 그사이에 스타니슬라스는 누구의 간섭도 없이 열네 향수의 재시향과 에센스 등을 검토했다.

"박사님."

강토가 스타니슬라스를 바라보았다.

"내 평가 말이죠?"

"네."

"평가는 이 안에 있는데……."

스타니슬라스가 봉투를 들어 보였다.

"하나를 빼놓은 게 있어요. 그 전에 한 가지 물어야 할 게 있어서……."

"말씀하시죠."

"강토 씨 말입니다. 졸업 후에 여기서 일하게 되나요?"

"그건 정하지 않았습니다."

"회사 측에서 제의하지 않던가요?"

"아직 그런 말은 못 들었습니다만……."

"아쉽군요. 아네모네에 인턴으로 있으니 오늘은 그냥 가지만 나라면 새로운 향 분자 개발이 아니라 강토 씨부터 잡았을 겁니다."

"네?"

"조향 말입니다. 사실 새로운 향도 중요하지만 결국은 조향사 싸움이에요. 수십 년 명성을 떨치는 향수들이 증명하고 있지 않습니까?"

"……."

"뭐라셔?"

강토 표정이 굳자 오 팀장이 슬쩍 물었다.

"의견을 말씀하고 계십니다."

대충 넘어갔다. 강토 자신의 일이다 보니 곧이곧대로 통역할 수 없었다.

"한국적 향 분자를 더한 향수들은 감동이었어요. 조향사의 한 사람으로서는 뜨거운 박수를 보냅니다."

"……."

"하지만 결국은 글로벌 시장이겠죠. 제 기호에 맞추자고 향수를 만든 건 아닐 테니까요."

"……."

"제 평가를 말씀드릴 테니 이 계열의 향수를 좀 준비해 주시겠어요."

스타니슬라스가 향수 목록표를 내밀었다. 오 팀장에게 건네주었다.

"지금 준비하죠."

오 팀장이 일어섰다.

10분쯤 지난 후, 일동은 샘플실로 자리를 옮겼다.

향수가 보였다. 한편은 아네모네에서 새로 만든 것이었고 또 한편은 스타니슬라스의 요청으로 준비한 같은 계열의 명품 향수들이었다.

"시향을 부탁합니다."

스타니슬라스의 요청이 나왔다.

강토가 블로터에 뿌려 나눠 주었다. 원장이 받고, 유쾌하가 받고, 오 팀장이 받았다. 아네모네의 작품과 이미 나와 있는 그 계열 향수의 비교였다.

아네모네에서 개발한 향수들은 청아하고 깨끗했다. 반면 명품 쪽은 바디감이 묵직하다. 공통적으로 그랬다.

"……."

강토는 이유를 알고 있다. 동서양인의 다른 기호 반영이다.

서양인들은 체취가 강하다.

버터 냄새로 표현되는 체취는 두 개의 케톤을 거느린 '디아세틸'이다.

그렇기에 그들은 톡 쏘는 맛을 지닌 자극에 강렬한 바디감을 즐기는 것이다.

한국인의 취향은 아니지만.

어쨌든.

그게 메이저 향수 시장의 흐름이었고 아네모네의 의욕은 그와 다른 길을 갔다.

"아네모네의 작품, 뛰어난 창의성이 돋보입니다. 분명 호감을 끌 수 있을 작품들입니다."

스타니슬라스의 평가가 나오기 시작했다. 일동은 숨도 쉬지 않고 그의 말에 귀를 기울였다.

"다음은 같은 계열의 기존 향수들이죠. 저는 한마디만 하겠습니다. 여기가 글로벌 시장이라면."

스타니슬라스의 시선이 세 사람을 번갈아 스쳐 간다. 결론은 그 뒤에 묵직하게 이어졌다.

"어떤 향수가 잘 팔릴까요?"

* * *

「어떤 향수가 잘 팔릴까요?」

스타니슬라스는 그 말을 끝으로 아네모네를 떠났다. 떠나기 전 강토에게 깊은 아쉬움을 표했다. 일본의 스케줄이 기다리고 있는 것이다.

"그라스에 오면 찾아오세요. 그게 아니더라도 꼭 다시 만나기를 바랍니다."

그의 당부이자 희망이었다.

강토는 상미를 내세웠다.

얼마 후에 제 친구가 그라스에 갈 겁니다.

혹시 박사님께 인사를 드려도 될까요?

당연히 환영이죠.

찰칵.

상미의 요청으로 기념사진이 박혔다.

스타니슬라스는 상미와의 약속에 더해 그 사진을 남기고 돌아갔다.

원장실에는 세 사람이 모였다. 원장과 유쾌하, 그리고 오 팀장이었다. 원장 손에는 스타니슬라스가 넘겨준 평가표가 있었다.

원장이 봉투를 열었다.

표정이 벼락처럼 굳는다.

"원장님."

유쾌하가 묻자 봉투를 건네준다.

"……!"

유쾌하의 표정도 굳어 버린다. 마지막으로 평가를 확인한 오 팀장도 비슷한 표정이었다.

「창의성 A」

「경제성 기타 등등 C」

심혈을 기울였건만 스타니슬라스의 평가는 낙제에 가까웠다. 분위기가 무거울 때 오 팀장 핸드폰 화면이 밝아졌다. 다른 통역에게 부탁한 게 끝났다는 연락이었다.

아네모네는 강토와 스타니슬라스의 대화를 녹음했다. 강토를 의심해서가 아니었다. 강토의 불어는 유창했지만 통역 경험이 없었다. 그러다 보니 디테일하게 확인할 필요가 있었다.

특히.

이들 셋은 아까의 한 장면이 마음에 걸렸다.

샘플실로 가기 전에 스타니슬라스가 강토에게 한 말.

강토가 대략 넘겼지만 뉘앙스가 좋지 않았다.

지잉.

번역된 대화는 이메일로 들어왔다. 오 팀장이 프린터로 뽑았다.

"……!"

"……?"

그 부분을 확인한 세 사람의 표정은 한결같이 굳어 버렸다.

—강토 씨 말입니다. 졸업 후에 여기서 일하게 되나요?

—회사 측에서 제의하지 않던가요?

—아쉽군요. 자리가 이렇다 보니 내 욕심을 부리지 못하지만, 나라면 새로운 향 분자 개발이 아니라 강토 씨부터 잡았을 겁니다.

—조향 말입니다. 새로운 향도 중요하지만 결국은 조향사

싸움 아닙니까?"

그제야 알았다. 강토가 왜 통역을 주저했는지.

강토 자신의 이야기가 나왔으니 차마 옮기지 못한 것이다.

제4장

—

위상 폭등

"어떻게 생각하십니까?"

유쾌하가 이 원장을 바라보았다. 이제는 둘만 남은 상태였다.

"윤강토 학생?"

"네."

"스타니슬라스의 말대로 가자는 건가?"

"저도 실은 윤강토의 능력에 흥미를 가지던 차였습니다. 그래서 인턴으로 추가 요청을 한 거고요."

"윤강토……."

"……."

"놀랍긴 하더군. 오 팀장의 향수 재현에 유려한 프랑스어… 후각까지 기막히다니 재원인 건 틀림없겠고……."

"스타니슬라스가 인정했으니 재원 이상입니다."

"특채라?"

이 원장이 소파에서 일어섰다. 자기 책상으로 가더니 서류를 꺼내 든다.

"이건 어쩌고?"

그가 흔든 건 신상 파일이었다. 두 명의 외국인 사진이 선명했다.

"사장님이 지보단에 부탁해서 두 명을 할애받았지. 그들이 내키지 않아 하는 걸 특별한 조건으로……."

"……."

"이들 중 하나를 캔슬하고 윤강토를?"

"상황이 변했지 않습니까?"

"우리만 그렇지, 사장님은 아니네."

소파로 돌아온 원장이 신상 파일을 내려놓았다.

"저쪽에서 거절하는 걸 사장님이 직접 부탁해서 청한 일이야. 거기에는 지보단과의 사업파트너로서의 정략도 깔려 있다는 거 모르나?"

"원장님."

"자네도 말했잖나? 이 두 명의 자질이 굉장하다고. 수료와 동시에 한국에 오기만 하면 5년 후쯤에 국제경쟁력을 갖추는 거름이 될 거라고 말이야."

"상황이 변했다고 말씀드렸습니다."

"윤강토?"

"네."

"하지만 그냥 학생일세. 우리나라 조향학과 학생. 솔직히 말하면 우리가 거들떠도 보지 않던 학교가 아닌가? 거기서 잘나간다고 해도 일본이나 유럽의 조향 학교를 졸업해야 겨우 쓸모가 입증되는 거고."

"하지만……."

"이러면 어떻겠나?"

"어떤?"

"유럽 조향 학교로 보내고 우리가 교육비 일체를 대 주는 것. 대신 우수한 성적으로 졸업하고 돌아오면 우리 회사에 5년 이상 근무할 것."

"제 생각은 좀 다릅니다."

"어떻게?"

"윤강토의 실력은 이미 프로페셔널입니다. 어쩌면 우리 조향 팀을 다 합쳐도 당해 내지 못할지도 모릅니다."

"유 실장, 말이 너무 과하네."

"진심입니다."

"어허."

"스타니슬라스… 일세를 풍미한 조향사입니다. 비록 늙었지만 아직도 프랑스 조향계의 거물이고요. 게다가 다른 사람을 잘 인정하지 않습니다. 그런 그가 강토를 찍었습니다. 아까 번역에서 보지 못했습니까? 새로운 향 분자 개발이 아니라 윤강토를 잡았을 거라는."

"유 실장 말은 지금 그가 백지수표라도 내밀 것처럼 들리네만."

"바로 보셨습니다."

"유 실장."

"백지수표는 모르지만 최상의 조건으로 데려갈 겁니다. 강토가 거절하거나 우리가 손을 쓰지 않는다면요."

"지보단을 등지자는 건가? 지보단의 졸업생을 둘이나 데려오기로 계약한 마당에 한국 졸업생을 또 채용하자는 말은 사장님께 할 수 없네."

"원장님."

"내 생각이 옳네. 자네가 잘 구워삶아서 유럽 조향 학교로 보내자고. 학비 일체는 우리가 대 주는 걸로 하고. 막말로 조향의 천재라고 해도 유럽 조향 학교에서 체계적인 교육을 받는 게 필요하지 않겠나? 우리가 먼저 선점한 계약서가 있다면 스타니슬라스나 다른 곳에서 침을 흘린다고 해도 소용없을 일이고."

"그러니까 우리가 정식 채용을 한 다음에 보내는 게……."

"채용 전제에다 교육비 일체를 대 주는 것만 해도 파격이네만."

원장 목소리에 힘이 들어간다. 그는 사무직이다. 조향에 관심은 있지만 전문가가 아닌 것이다. 그렇기에 유쾌하의 가치관과는 다른 생각을 가지고 있었다.

"오늘 통역비 넉넉하게 안겨 주면서 분위기 좀 잡아 보게. 내가 보기엔 그게 누이 좋고 매부 좋은 일이야."

원장의 결론은 변하지 않았다.

"원장님다운 결론이네요."

샘플실에서 참조 서적을 보고 있던 오 팀장이 고개를 들었다.

"오 팀장 생각은?"

"윤강토… 이번 여름을 아주 핫하게 만드는데요?"

"나 지금 진지해."

"저도 그래요. 처음에는 성가신 존재였지만 지금은 실장님보다도 제가 더 관심이 많거든요. 개인적으로는 추출실 화재로 큰 신세도 졌고……."

"나는 스타니슬라스 말이 옳다고 생각해. 그 번역 보는 순간 뼈 때리는 자성을 느꼈어. 이래서 우리가 근시안이구나 하고."

"그들은 메이저고 우린 마이너니까요. 큰물에서 놀던 사람들이니 큰 고기를 알아보는 눈이 진화했겠죠."

"돌아보니 조향사(調香史)의 변천은 모두 걸출한 조향사(調香師)들이 좌우했더라고. 새로운 향 분자를 만드는 것, 뉴욕 이벤트도 중요하지만 멀리 보면 결국 조향사야."

"이 책 보셨죠?"

오 팀장이 읽던 책을 들어 보였다.

「장 폴 겔랑」

이름이 선명했다. 저 유명한 샤넬 NO.5의 어네스트 보를 앞서간 사람이다.

"겔랑 가문에 이분이 없었다면 어땠을까요?"

"단언컨대 현재의 겔랑은 없었어."

"그래서 혼자 생각했어요. 만약 우리가 유럽에서 윤강토처럼 천재성을 보이는 유망한 조향사를 데려온다면 어떤 대우를 해 줘야 할까?"

"……?"

"실장님은 어떠세요? 프로야구로 치면 메이저리그 신인 1순위쯤으로 지명될 선수를 한국 야구가 데려오는 사건과 비견되는 일이겠죠?"

"오 팀장……."

"그걸 생각하니 맥이 풀리더라고요. 한국 야구의 구단들이 감당할 수 있을까요?"

"……."

"다행히 윤강토는 메이저리그에 지명될 선수가 아니네요.

하지만 이제 그쪽에서 이 선수를 알아 버렸어요."

"……."

"저는 실장님 편이에요. 어떻게든 강토를 잡아야 해요. 우리 회사가 진정 글로벌 향수 산업에 뛰어들 의지가 있다면 말이죠."

"……."

"그런 다음에 강토에게 전폭 투자를 해야겠죠."

"……."

"하지만 문제는 우리가 강토의 생각을 모른다는 거예요. 제 생각인데 어쩌면 윤강토는 이미……."

"이미 뭐?"

"이거 한번 보시겠어요?"

오 팀장이 블로터 하나를 내밀었다.

"좋은데?"

신중하게 시향 한 유쾌하의 표정이 환하게 펴졌다.

"강토 작품이래요?"

"그래?"

"상미가 가지고 있더라고요. 최근에 만든 거라 숙성이 조금 덜 되었지만 나름대로 매혹적이에요."

"윤강토……."

"일련의 사건들을 객관적으로 정리해 봤어요. 그라스에서 카이피와 푸제아 로얄의 향료 성분 분석, 손윤희의 인생 시그니처로 불리는 농부르 띠미드 재현, 그리고 제가 만든 향수의 포인트를 살린 재현까지… 윤강토는 어쩌면 이미 모든 것을 갖춘, 우리 앞에 떨어진 벼락같은 선물일지도 모르겠다는 생각이 드는 거예요."

"오 팀장."

"제 결론은 그거예요. 강토를 학생으로 대하지 말고 한 사람의 전문가로 바라보면 어떨까? 그렇다면 우리가 강토와 해야 할 일은 무엇일까요?"

"뉴욕 이벤트에 쓸 향수 개발 외주?"

"조금 늦은 면이 있기는 하지만… 안 될까요? 그건 시장이 평가하는 거니까 강토에 대한 정확한 가늠자가 될 수 있을 것 같아요. 우리 회사도 강토 자신도."

"……."

"강토를 알아본 건 실장님이잖아요? 기왕 이렇게 된 거 제대로 한번 밀어 보시죠? 물론 강토의 생각을 먼저 들어 봐야겠지만요."

오 팀장은 조향사다. 그녀는 유쾌하의 편이었다.

건배.

오 팀장이 잔을 들었다.

강토에게 약속한 턱을 내는 시간이었다. 학생 인턴 넷을 다 불렀다. 유쾌하와 연구원들도 참석했다. 강토만 부르자니 상미가 걸렸고 그러다 보니 경수와 은비도 걸렸다. 결국 조향 팀 전체가 참석하는 것으로 판이 커졌다.

화제는 스타니슬라스와 강토였다. 오늘은 특별히 강토의 불어였다.

"영어에 중국어, 중동어도 가능하다고?"

상미 말을 들은 백 선생이 입을 벌렸다. 유쾌하와 오 팀장 역시 혀를 내두른다.

"어릴 때 중동에서 살았거든요. 중국어는 할아버지랑 그림을 거래하던 화상 중에 중국인 사장님이 있어서 배우게 되었어요. 방학 동안 그 사장님 초대로 상하이에 가서 산 적도 있고요."

강토가 자백(?)을 했다.

"중동이면 혹시 예멘도 가봤어?"

오 팀장이 물었다.

"네, 소코트라 섬에 할아버지 친구가 계세요."

"소코트라?"

오 팀장이 유쾌하를 돌아본다. 소코트라는 용연향의 섬이다. 조향사라면 그라스만큼이나 자주 듣던 이름이 아닐 수 없었다.

"아우, 술 땡기네. 차 샘, 술 좀 더 시켜. 갑자기 내가 너무 작아지는 거 있지."

오 팀장이 분위기를 띄운다.

"대체 불어는 또 언제 배웠대? 중국어 하는 거야 알고 있었지만……."

은비가 좋알거린다. 전처럼 비꼬는 투는 아니었다.

"아무튼 강토 덕분에 오늘 우리 살았다. 너 아니었으면 일이 엉망이 되었을 거야."

"아닙니다. 통역에 실수나 없었는지 모르겠습니다."

"미안하지만 우리도 그럴까 봐 크로스체크 했거든. 한마디로 완벽했어."

"네에."

강토가 웃었다. 블랑쉬의 불어였다. 그는 프랑스 사람. 그 불어에 문제가 있을 리 없었다.

"이번 여름방학 인턴들은 다 재원인 거 같아요. 강토는 말할 것도 없고 상미도 시향기 표현 능력이 장난 아니고 경수와 은비도 후각과 향료에 대한 이해가 높아서 시키는 대로 척척이에요."

차 선생이 인턴들을 고루 배려해 준다. 덕분에 경수와 은비도 풀이 죽지 않았다.

"강토는 나 좀 볼까?"

회식이 끝나자 유쾌하가 강토를 따로 불렀다. 상미를 보내고 그 뒤를 따라갔다.

"마셔."

커피 전문점이었다. 유쾌하가 직접 테라스의 좌석으로 커피를 가져왔다.

"저 시키시지 그랬어요?"

강토가 말했다.

"오늘은 내가 대접해야 할 거 같아서. 아까 오 팀장도 말했지만 진짜 수고했다."

"아닙니다. 스타니슬라스 박사님을 만나게 되어 저도 너무 좋았습니다."

"이건 통역비."

유쾌하가 봉투를 내놓았다.

"아뇨, 이런 건 필요 없습니다."

"이건 당연히 받아야 하는 돈이야. 일반적으로 보면 100만 원 정도가 적당할 거 같은데 급한 불 꺼 준 데다 워낙 유려하게 통역을 해서 200만 원 넣었어."

"실장님……."

"얼른 받아. 어차피 결재 난 돈이거든."

"그럼 감사합니다."

강토가 봉투를 챙겼다.

"불어… 아직도 안 믿기네. 강토는 사람 놀라게 하는 재주가 많은 거 같아."

"죄송합니다."

"죄송이라니… 그래서 말인데 한 가지만 물어도 될까?"

"말씀하세요."

"아까 샘플실에서 말이야, 스타니 박사님이 했던 말……."

'스타니 박사님…….'

강토 눈빛이 살짝 흔들렸다.

「어떤 향수가 잘 팔릴까요?」

샘플실의 말이라면 그게 분명했다.

그때 아네모네 개발실의 책임자들은 대답하지 못했다. 원장이야 조향의 조예가 얕다지만 유쾌하와 오 팀장도 입을 다문 것이다.

"강토도 거기 나온 향들을 맡아 봤지?"

"예."

"어떤 향수를 살래? 강토라면?"

유쾌하의 질문은 굉장히 진지했다. 단순히 의견을 묻는 게 아닌 것이다.

"그냥 솔직하게 말해 주면 돼."

"실장님."

"괜찮대도."

유쾌하는 웃지만 그 미소 속에는 재촉이 담겨 있다. 대충 넘어가기 어렵다는 것, 강토는 알 수 있었다.

"제 생각이라면……."

강토가 시선을 들었다. 어차피 처음부터 우려하던 일. 눈높이를 유쾌하와 똑바로 맞추고 뒷말을 이었다.

"한국 사람은 몰라도 글로벌이라면… 아네모네의 신개발품인 아니라 기존의 향수를 살 것 같습니다."

"기존의 향수라……."

"……."

"왜?"

*   *   *

"그 전에 제 얘기를 좀 해도 될까요?"

"물론."

"들으셨겠지만 제가 화학공학을 전공하고 조향을 복수전공으로 하는 동안 후맹에 가까웠습니다. 어쩌면 죽지 않은 정도의 후각만으로 살아왔다고 해도 과언이 아닙니다."

"……."

"제 상태는 오랫동안 교수님들과 친구들에게 각인이 되었습니다. 그러다 기적적으로 후각이 기능을 되찾았죠."

"……."

"하지만 아직도 일부 교수님과 학우들은 믿지 않는 사람이 있습니다. 제가 눈앞에서 시연을 해도 말입니다."

"나도 그중 한 사람이었지?"

"실장님은 나았죠. 아마 저를 처음부터 보지 않으셨기 때문에 그럴지도 모릅니다."

"그렇군."

"관념이란 그만큼 무서운 것 같습니다. 그런데 향수 시장에는 그보다 깊은 선입견과 관념이 있는 것 같습니다."

"……!"

화제가 옮겨 가자 유쾌하는 바로 감을 잡았다.

"세계 향료 시장은 유럽이 패권을 장악하고 있죠? 일본이 체면을 유지하는 정도고요. 그 기반에서 이어진 유럽 향수의 맥은 철옹성처럼 도도하고 견고합니다."

"……."

"유럽 명품들은 오랫동안, 그들 방식으로 시장을 장악해 왔습니다. 한국인이 보기에는 너무 진하고 무겁고 매운 향들, 심지어는 역겹기도… 하지만 그 자체가 공식이 되고 명품이 되었지요. 그 철옹성을 토종 향 분자 몇 가지 배합한 정도로 뛰어넘을 수 있을까요?"

"……."

"죄송하지만, 어쩌면 아네모네의 우리 향 가미는 그 도도한 물결을 넘을 자신이 없기 때문에 돌아가려는 것으로 보일 것 같습니다."

"……."

"새로운 향수의 창조가 시대적 요청이기는 하지만 기존의 것을 뛰어넘는 수준에 도달한 후가 바람직하다고 봅니다. 저

들의 무대에서 같은 조건으로 경쟁해서 이긴 후에 말입니다. 그렇지 않고서는 자칫 구색 맞추기 수준에 머물 수 있습니다."

"……."

"스타니슬라스 박사님의 자문은 그런 뜻이었을 것 같습니다. 조금 심하게 말하면……."

말을 이어가던 강토가 잠시 주저했다.

"괜찮아. 말해 봐."

"걷지도 못하는 아이가 뛰려 한다는 느낌 말입니다. 한국적인 해석으로 만든 향수가 세계시장에서 '호감'을 끌 수는 있을지 모르지만 경쟁력을 갖추기는 힘들 겁니다."

"걷지도 못하는 주제에 뛰려 한다?"

"죄송합니다."

"아니야. 신랄하지만 뼈저리게 와닿는 말이야."

"……."

"우리의 현주소를 제대로 짚어 주었네. 만약 우리가 유럽 향수를 뛰어넘을 자신이 있었다면 굳이 한국적인 향을 어필하려고 애쓸 필요도 없었겠지."

"가치가 없다는 뜻은 아닙니다."

"알아. 방법상의 문제라는 것."

"이해해 주시니 감사합니다."

"결국 그 말이군. 향수 산업을 하려면 돌아가지 말고 정면 승부를 걸어라? 그런 후에 한국적인 향수로 가자?"

"제 생각입니다."

"촌철살인이군."

유쾌하가 쓴웃음을 지었다. 강토의 돌직구가 좀 센 모양이었다.

"그럼 말이야, 강토가 내 자리에 있다면 어떻게 하겠나?"

"저는 그냥 학생입니다만."

"알아. 하지만 언젠가는 내 자리 정도는 간단하게 꿰차겠지. 당연히 그래야 하고."

"실장님."

"한번 말해 봐. 뒤끝 없이 들을 테니까."

"말씀드린 그대로입니다. 새로운 향 분자를 찾는 건 중요한 일이죠. 매력적인 향을 갖게 되면 그만큼 유리한 일이 될 테니까요. 하지만 본질은 결국 향수 시장의 평정이라고 봅니다. 서구인들이 수긍하는 작품, 그게 우선입니다."

"좋아."

"……?"

"그거 말이야, 강토가 한번 해 보지 않겠어?"

"네?"

강토가 소스라쳤다. 뜻밖의 제의가 나온 것이다.

"빌 게이츠 알지?"

"그야……."

"한 분야가 비약적으로 발전하려면 천재가 필요해. 빌 게이츠가 없었다면 컴퓨터 산업이 어떻게 되었을까? 스티브 잡스가 없었다면 스마트폰은 어디까지 왔을까?"

"저는 빌 게이츠도 아니고 스티브 잡스도 아닙니다만."

"자네가 윤강토라는 건 나도 알아. 빌 게이츠나 스티브 잡스를 붙잡고 이런 제의를 할 나도 아니고."

"실장님."

"카이피의 22가지 향을 다 맞혔다고?"

"……."

"맞나, 틀리나?"

"맞습니다만."

"스타니 박사가 재현 중인 푸제아 로얄의 복원품도 맞히고?"

"예."

"손윤희 여사가 애정하는 농부르 띠미드는 직접 복원?"

"예……."

"그리고 우리 오 팀장의 향수 역시?"

"……."

"한눈에 알아보지 못해서 미안하지만 자넨 천재가 분명하네."

"실장님."

"스타니 박사도 인정하지 않았나?"

"그건……."

"낮에 원장님, 오 팀장하고 이야기를 나눴네. 졸업과 동시에 강토를 특채하느냐, 아니면 유럽의 조향 학교에 보내 체계적인 공부를 시키면서 우리 인재로 키우느냐."

"……."

"혹시 유럽 조향 학교로 유학 갈 생각이 있나?"

"아닙니다."

강토가 잘라 말했다.

블랑쉬는 이미 유럽형이었다. 당시에 없던 합성향료도 상당 경험을 했고 현대의 냄새 분자는 꼭 유럽이어야 할 필요도 없었다. 이런 상황에서 유럽 조향 학교에서 몇 년을 보내는 건 시간 낭비에 불과했다.

"역시 그렇군. 내 생각이지만 자네는 전생에, 혹은 본능적으로 향수의 모든 것을 몸에 익힌 것 같아. 그렇다면 유럽의 조향 학교가 큰 도움이 될 리 없지."

"……?"

전생.

그 단어가 강토 뇌수를 찔렀다. 유쾌하가 알 리 없는 일이지만 너무 적절한 단어의 선택이었다.

"한국적 향수는 우리 회사의 장기 프로젝트네. 어렵겠지만 포기하지는 않을 거야. 우리가 서구의 향수 회사들을 뛰어넘을 수는 없지만 목소리를 내는 한 방법이 될 테니까."

"……."

"그걸 위해 국내 전문가들에게 외주를 주고 있었네. 강토네 대학 이창길 교수를 위시해 이름난 공방을 운영하는 몇몇 조향사들……."

"이창길 교수님요?"

강토가 고개를 들었다.

"그래."

"그럼 라파엘 교수님은요?"

"그분은 열외야. 프랑스 조향사 출신이잖아?"

"……?"

"유럽의 향수 기업들도 일부를 제외하고는 전속 조향사를 두지 않고 외주를 주거든. 대개는 지보단이나 아이에스에프 쪽이지. 그들이 주목할 만한 향수 작품들이 필요해. 우리나라도 그만한 능력이 있다는 걸 어필하려는 거야. 그러다 보니 한국 조향사들 중심으로 향수를 개발하는 거고."

"……."

"이게 유럽 조향계의 인정을 받게 되면 WPC(World Perfumery Congress) 알지? 3년마다 열리는 미국조향사협회의 국제 조향 페스티벌. 그 또한 내년인데 뉴욕에서 호평을 받으면 우리도 페스티벌의 부스를 신청하고 점진적으로 조향 분야를 확장할 계획이네."

"……."

"시간이 좀 부족하기는 하지만 어떤가? 농부르 띠미드를 보면 가능할 것도 같은데… 자네가 한 작품을 맡아 주겠나? 향수를 만드는 동안의 전폭적인 향료 지원은 물론이고 작품비도

3천만 원가량 지급할 거네. 우리에게 필요한 건 시향용 테스트용 100병과 100*ml* 레귤러 11병 용량인데 레귤러는 뉴욕 현장에서 즉석 경매를 붙일 걸세. 작품비는 총경매 가격의 10배를 지불하고 정규 제품으로 결정되면 인센티브도 지불."

"실장님."

"다른 거 없어. 스타니 박사를 한 번만 더 놀라게 하면 되는 거야."

"……."

"어때? 우리 회사의 지원에 자네의 천재적인 감각, 이 둘이 매칭되면 성공할 가능성이 있지 않을까?"

향료의 전폭 지원.

그리고 유럽 무대.

강토의 촉이 슬그머니 발동을 했다.

「찬스」

강토는 알았다. 아네모네의 뉴욕 이벤트. 세계 조향계가 주목하는 건 아니지만 어느 정도 관심은 보일 것이다. 아네모네 또한 만반의 준비를 할 테니까.

뉴욕이라면 세계 조향계의 주목을 받을 수 있는 장소였다. 그렇게 되면 본격 작품에 매진할 마중물이 되는 것이다.

그렇다면.

딜을 받아야지.

"향료는 전폭 지원 하신다고요?"

"당연하지. 영감이라는 건 공장제품 찍듯이 나오는 게 아니니까. 원하는 대로 향수 오르간을 세팅해 줄게."

"거기에 한 가지를 더 얹어 주시면 해 보겠습니다."

"뭔가?"

"샘플 향수들에 레이블을 붙이겠죠?"

"물론이네. 임시 레이블이긴 하겠지만."

"제 작품에는 제 이름을 표기해 주십시오. 프랑스 닉네임도 함께."

"그건 고려해 보지 않았는데?"

"지금 고려하시면 되죠."

"으음……."

"……."

"좋아. 그렇게 하겠네."

"기간은요?"

"연말까지. 신년에 뉴욕 맨하탄 5번가의 버그도프굿맨에서 공개 쇼케이스를 가질 걸세."

"다른 옵션이 없다면 하겠습니다. 2학기에는 강의도 많지 않으니까요."

강토가 딜을 받았다. 다른 조건을 언급한 것은 블랑쉬 때문이었다. 알랑의 속임수에 넘어가 사인한 계약서. 그런 전철 따위는 밟고 싶지 않았다.

"그리고 이창길 교수님이 참여하고 계신다고요?"

"그렇네."

"그럼 제가 참여하고 있다는 사실은 교수님께는 비밀로 해 주시면 좋겠습니다."

"그게 뭐 어렵겠나. 콜."

유쾌하가 화답했다.

마침내 윤강토, 유럽의 공식 무대로 나갈 기회를 잡은 것이다.

"와아앗."

"흐으음."

테라스 테이블에서 신음 소리가 새어 나왔다. 다인과 준서가 주인공이었다. 둘은 지금 지상에서 가장 행복한 코박킁을 하고 있었다. 강토가 아네모네 샘플실에서 가져온 블로터였다. 블로터에는 온갖 희귀 향수와 더불어 이전 5년간의 향수 어워드 수상 작품들이 망라되어 있었다.

최근 이틀 동안 강토와 상미는 포상을 받았다. 샘플실과 향료보관실 자유 출입을 명(?)받은 것이다. 둘은 새벽처럼 출근해 그 문을 열었고 점심도 먹지 않고 향수와 향료에 취했다.

향료저장고는 강토에게 또 하나의 자산이 되었다.

코리안더와 파출리.

로즈우드와 암브레트 시드.

바닐라 꼬투리와 진저.

알루미늄병에 든 각종 천연향료와 합성향료들은 강토가 바라던 향의 바다였다. 블랑쉬조차 모르는 합성 향들이 많았으니 행복하지 않을 수 없었다.

합성 향.

두 가지 계열이 있었다.

하나는 특정 꽃이나 물질의 핵심 향 성분을 화학적으로 추출한 것, 또 하나는 아네모네의 향 추출처럼 주변 환경의 특징을 가미한 향들…….

그럼에도 그 향들은 천연 향에 미치지 못했다. 천연 향에 든 잡다한 구성 성분들. 그것들의 하모니를 당하지 못하는 것이다.

이날의 하이라이트는 오크모스였다. 마침 모로코의 오크모스가 도착했다. 그때는 건조한 상태였다. 차 선생이 강토를 위해 인심을 썼다. 그걸 용매에 담그자 자연 상태와 같은 냄새 분자가 깊은 잠에서 깨어났다. 행복한 경험이었다.

"나도 얘들만 입고 자고 시포."

다인의 눈이 풀렸다.

저 유명한 마를린 먼로의 얘기였다. 그녀는 샤넬 NO.5만 입고 잠들었다고 한다.

"코가 황홀경에 마비되는 것 같아."

준서는 코를 닦는다. 후각은 쉽게 지친다. 이건 평범한 사람도 경험하는 일이다. 커피콩을 꺼내 주어 코를 가실 기회를 주었다.

"좋아."

"너무 좋아."

둘의 코박쿵은 끝날 줄을 몰랐다.

그러다 문득 상미를 의식한다. 전에는 강토까지 의식했지만 이제는 상미만 남은 것이다. 너무나 약한 후각…….

"이제 와서 나 걱정하는 척?"

그걸 알아차린 상미가 보란 듯이 되물었다.

"미안."

다인의 눈빛이 면목 없음으로 변한다.

"그럴 필요 없어. 나 후각 좀 좋아졌어."

"진짜?"

다인의 목소리가 튀었다.

"비법 공개."

상미가 망사 주머니를 꺼내 보였다. 조선시대 여인들의 향낭과 닮았다.

"뭐야? 향신료하고 허브들?"

냄새를 맡은 다인이 상미를 바라보았다.

"강토의 특별 비방."

"엥? 강토?"

다인과 준서의 눈이 강토에게 돌아갔다.

"저번에 상미가 희귀 향수 시향 할 욕심으로 담배 빨아 댔다가 사달이 났었다고 했잖아? 곰곰 생각해 보니까 내 잘못이기도 하고… 해서 다른 방법을 찾아봤어."

"그게 이 향낭?"

다인의 촉각을 곤두세운다.

"응. 효과 있어. 담배처럼 남들에게 피해를 주지도 않고."

강토가 웃었다. 향낭은 한국의 향 역사에 더불어 블랑쉬의 경험을 더한 처방이었다. 어린 날의 블랑쉬, 어머니가 생선 내장을 바르는 동안 들판을 돌며 좋은 냄새가 나는 꽃과 풀을 골랐다. 그걸 주머니에 넣어 움막 벽에 걸었다.

주머니는 어머니에게도 좋고 블랑쉬에게도 좋았다. 일종의 향 감별 놀이이자 인지 훈련이 된 것이다.

아연 복용과 함께 상미에게 권했다. 아연이 결핍되면 후각 기능이 떨어지기 때문이었다.

향낭은 세 가지였다.

감귤류, 허브류, 스파이시류.

상미는 그 향낭들을 달고 살았다. 집으로 갈 때는 지하철에서 맡았고 방에서는 침대 옆에 매달고 냄새를 구분했다. 눈을 감고 향낭 속의 향을 구분하는 것이다. 그러자 서서히 후각이 개선되었다. 강토처럼 대단한 능력까지는 아니지만 괄목할 만한 향상임은 분명했다.

"그러니까 미안해하지 말고 시향 해. 나 개학할 때쯤이면 보통 수준은 될 거 같아."

"와아."

상미의 말에 다인이 녹는다. 희귀 향수 시향보다도 반가운 말이었다.

"더 반가운 소식도 있는데?"

상미가 박차를 가한다.

"뭔데?"

"일단 예고편, 강토가 프랑스에서 온 유명한 조향사의 동시 통역을 맡아서 기가 막히게 해치웠어."

상미가 핸드폰 사진을 열었다. 스타니슬라스와 함께 찍은 사진이었다.

"대박, 프랑스어? 게다가 동시토옹여억?"

다인과 준서가 뒤집힌다.

"통역비는 200만 원."

"대박. 그런데 그게 예고편이야?"

"이제 본편."

"야, 빨리 빨리."

조바심이 난 다인이 상미 쪽으로 다가앉았다.

"아네모네에서 강토에게 정식 채용 제의 앤드 유럽 조향 학교 학비 전액 지원 제의."

"우와아."

"그런데 강토가 다 걷어차 버림."

"엉? 왜?"

다인과 준서의 눈이 또 휘둥그레졌다.

"아오, 이제 네가 말해. 내가 무슨 윤강토 대변인도 아니고……."

상미가 강토 옆구리를 찔렀다.

"그게 말이지……."

강토가 운을 떼고 나온다.

"아, 좀… 뜸 들이지 말고 빨리. 나 숨넘어가겠어. 그 좋은 조건을 왜 찼냐고?"

다인은 진짜 숨이 넘어갈 지경이다.

"유럽 조향은 여름방학 때 그라스에서 속성으로 끝냈으니까 또 갈 필요는 없고… 그래서 미국에서 발표할 향수 외주 일감 받는 걸로 대신했어."

"향수 외주를? 아네모네에서?"

"응."

"말도 안 돼. 아네모네가 학생인 너한테?"

"야, 왜 안 돼? 스타니 박사님도 강토 인정하고 유쾌하 실장님도 인정하셔. 심지어는 오만방자에 골수 남경수 지지자였던 오 팀장님도 인정하는 판에."

"아무리 그래도… 우리 교수님들이라면 몰라도……."

"이창길 교수님에게도 오더가 간 모양이야."

"라파엘 교수님은?"

"향수의 성격상 라파엘 교수님은 열외."

"으아, 그래서 그렇게 어깨에 힘이 들어갔던 건가?"

"그래도 내가 참여한다는 건 비밀."

"알았어. 하지만 말하고 싶어서 몸살이 날 거 같아. 특히 이 교수님이 잘난 척할 때 말이야. 강토 너도 외주받은 줄 알면 목덜미 잡고 쓰러지겠다."

"앗, 이모님 오신다."

분위기가 무르익을 때 준서가 도로를 가리켰다. 손윤희가 차에서 내리고 있었다. 준서를 통해 강토와의 약속을 잡은 그녀였다.

"안녕하세요?"

강토 일동이 일어나 인사를 했다.

"일찍들 왔네. 인사해라. 이쪽은 이번에 내 컴백 특집방송 준비해 주실 피디님."

손윤희가 피디를 소개했다.

"안녕하세요?"

인사가 또 이어진다.

이제는 연예인 티가 좔좔 흐르는 손윤희, 자리에 앉기 무섭게 강토네 일동을 뒤집어 놓았다.

"윤강토."

"네?"

"나 내 컴백 특집방송에 메인 게스트 출연 부탁하려고 피디님 모셔 왔어."

"예?"

*　　*　　*

손윤희의 컴백 특집방송.

이 또한 많은 방송사에서 들어온 제의였다.

「뇌종양 판정, 그로 인한 희귀 불치 질환 캐고스미아로 일상생활 불가능, 결국 후각신경 절제 결정, 수술을 하루 앞두고 대반전 드라마 연출」

한때는 대한민국을 풍미한 연기자 손윤희. 그녀의 드라마틱한 회복 과정은 이슈가 되기에 충분했으니 거의 모든 방송사에서 러브 콜을 받고 있었다.

이제는 방송 컴백이 가능한 그녀였으니 마다할 수 없었다.

여기까지는 당연한 수순이었다.

그런데.

강토의 메인 게스트 출연?

이건 '당연히' 당연하지 않았다.

"여사님."

강토가 손윤희를 바라보았다. 준서와 다인, 상미도 마찬가지였다.

"닥터 시그니처가 놀라긴."

손윤희는 여전히 당연하다는 표정이었다.

"닥터 시그니처요?"

강토가 되물었다.

"그냥 나 혼자 부르는 강토 닉네임이야. 나에겐 인생 닥터니 닥터, 시그니처도 인생 시그니처니 시그니처. 그래서 닥터 시그니처. 마음에 안 들어도 어쩔 수 없어."

"하지만 제가 무슨 메인 게스트씩이나……."

"왜 안 돼? 이 손윤희의 은인인데?"

"여사님."

"여기 장규희 피디님, 잘 모르겠지만 일본에서 향장 아카데미 졸업하신 분이야. 향수에 대해서는 나름 전문가시지. 뷰티 유튜브 방송도 하고 있고 뷰티 전문지에 시향기도 써내시고."

"어머, 장규희? 나 그 이름 알아."

상미가 두 손을 모은다. 시향기에는 빠삭한 상미였다. 그러다 보니 장규희의 시향기도 본 모양이었다.

"알아 주니 영광이네요."

장 피디, 빙그레 웃더니 블로터 하나를 꺼내 들었다.

"손 여사님이 주신 거예요."

"그래. 일단 장 피디님 얘기부터 들어 봐."

손윤희는 느긋하게 대화에서 빠졌다.

"방송국에서 소문을 들었어요. 왕년의 톱스타 손윤희가 향수로 새 삶을 찾았다. 이거, 소스부터 빡 땡기더라고요. 그런데 이미 엄청난 프로그램들이 대시를 하고 있는 거예요. 땡기기는 하는데 제가 초짜 피디다 보니 승산이 없을 것 같아서 포기하고 있었는데 누가 농부르 띠미드 이야기를 하잖아요. 그 향수, 제가 몇 년 전에 일본에서 향장 배울 때 들은 거거든요. 향수 파트를 지도하던 선생님 중에 농부르 띠미드 예찬자가 있었는데 다른 사람들은 푸제아 로얄이나 장 파 투 조이, 오 다드리앙을 꼽지만 그분은 지상에서 단 한 병의 향수를 허락한다면 당연히 농부르 띠미드라고 하더군요. 그런데 그걸 재현했다니 시향이라도 한번 해 보고 싶어서 찾아갔어요."

"……."

"손 여사님께 신분을 밝히고 사연을 말하니 시향을 허락하더군요. 그거 맡고는 그 자리에서 30분 정도를 얼음땡으로 있었어요. 정말 손 여사님이 깨워 주고서야 정신 줄이 돌아왔다니까요."

강토 입가에 엷은 미소가 감돈다. 피디의 말은 거짓이 아니었다.

"방송 출연은 말도 못 꺼내고 나가려는데 손 여사님이 물어요. 시향을 했으면 소감을 말해야 하지 않느냐고?"

"……."

"이렇게 답했어요. 천국에서는 말이 필요 없지 않냐고?"

"……."

"그랬더니 손 여사님이 제 손을 잡아요. 당신 프로그램에 출연하겠다고. 대신 그 시그니처를 만든 사람을 메인 게스트로 불러 달라고."

"와아."

다인과 상미 눈이 저절로 풀린다. 그 또한 드라마틱한 일이 아닐 수 없었다.

"그래서 오늘 출연 계약서 사인을 받자마자 달려온 거예요. 솔직히 저는 손 여사님 못지않게 농부르 띠미드를 재현한 사람이 궁금했거든요. 손 여사님, 죄송합니다."

강토를 바라보던 피디가 손윤희에게 꾸벅 예의를 갖추었다.

"괜찮아. 내가 원하던 일이니까. 처음에는 몰랐는데 이 손윤희가 방송에 나간다면 강토를 데리고 나가고 싶더라고. 내가 그 자리에 설 수 있는 건 강토 덕분이니까."

손윤희가 웃었다.

"그래서 말인데 조향학과 학생이라고요?"

피디가 강토를 바라보았다.

"네."

"혹시 손 여사님 인생 시그니처 말고 다른 향수는 없나요?"

"있어요."

이 대답은 다인과 상미, 준서의 입에서 동시에 나왔다. 게다가 그들은 동시에 향수를 꺼내 놓는 퍼포먼스까지 선보이고 있었다.

「천년후에」

강토의 첫 작품이라 할 수 있는 그 향수였다.

치잇.

향수가 토출되었다. 상미가 내준 병이었다. 블로터를 받아든 피디의 표정이 엄숙해진다.

살랑.

블로터를 흔든 그녀가 주변 공기를 빨아들였다.

"흐음."

톱노트는 오렌지와 로즈마리였다. 이 정도는 눈 감고도 알 수 있는 피디였다. 한때는 조향사를 꿈꾸기도 했던 까닭이었다. 상큼 시원한 향들이 살짝 내려앉자 장미와 패랭이꽃 향이 뒤를 잇는다.

"아."

자신도 모르게 신음을 토했다.

피디 역시 많은 향수를 시향 했다. 수입 향수의 시향기를 쓰는 까닭이었다. 그런데 이 장미와 패랭이꽃은 향이 달랐다. 천연 향을 써서가 아니었다. 고가품 중에는 아직도 천연 향 분자만으로 만든 것들이 많았다. 그것들하고도 차별화가 선명했다.

향이 맑았다. 게다가 먼저 간 오렌지와 로즈마리의 감격이 배경으로 남았다. 그 배경 향에 재스민까지 따라왔다.

향의 연주다.

바이올린으로 치면, 분명 같은 바이올린이지만 현의 울림이 다른 것이다. 장미의 열정과 패랭이의 느낌이 고스란히 전해

오는 울림, 열정과 설렘…….

카덴차다.

바이올리니스트가 혼을 다해 연주하는 선율의 정점… 거의 그 경지에 이른 어코드였다. 천재성 없이는 이루기 어려운 이 어코드…….

두근.

마침내 심장까지 향에 물드니 이런 감동은 난생처음이었다.

Time Stop.

그녀는 완전히 멈춰 버렸다.

"장 피디님."

손윤희가 주의를 환기시키고서야 그녀는 감동에서 풀려났다.

"이걸……."

그녀가 강토를 바라본다.

"강토 씨가 만들었다고요?"

"네."

"농부르 띠미드… 혹시 우연일까 싶었는데… 이건 뭐… 빼박 팩트네요. 감히 의심을 해서 미안해요."

그녀가 사과를 전해 왔다.

"괜찮습니다. 이젠 익숙해서요."

"미안하지만 다른 작품은 없나요?"

"필요하면 만들면 되죠. 다만 학생이다 보니 향수 오르간이 빈약해서 마음대로 만들지 못할 뿐이에요."

"만들려면 시간이 될까요? 다다음 주에 녹화를 해야 해서요."

"그 정도면 충분해요. 인턴도 끝날 때고……."

"강토 씨… 향수라는 게 알코올의 숙성 기간이 있잖아요?"

"방법이 있어요. 손 여사님 향수도 당일 날 만든 거거든요. 그동안 숙성이 되긴 했지만……."

"당일? 그게 가능해요?"

"아니면 어쩌겠어요? 갑작스럽게 입원하시면서 내일이면 후각신경 제거 수술에 들어간다는데……."

"맙소사."

"다다음 주면 그런 방법도 있고, 그게 아니어도 기본 숙성은 될 시간이니까 가능하기는 한데 문제는 향료예요. 아까 말씀드린 대로 제 향수 오르간이……."

"그거라면 제가 협조해 드려요. 제가 거래하는 향수 수입처로 가셔도 되고, 아니면 필요한 향료를 말하면 제가 인맥 동원해서 구해다 드릴게요."

"그럼 어떤 향수를 원하시는데요? 이모님과 피디님이 하나씩 찍어 보세요."

"그렇게도 가능해요?"

"물론이죠."

"그럼 저는 지금 이 향수나 뮤게? 월하향 있죠? 잘 만든 월하향 향수가 그럽더라고요."

"음, 나는 사양. 강토가 나오는 것만 해도 고마운데 수고를 끼치고 싶지는 않아."

피디와 달리 손윤희는 고개를 저었다.

"어차피 만드는 길이라 괜찮아요. 이모님은 시그니처의 대조편을 만들어다 드릴게요."

강토가 답했다.

"대조편?"

"장미의 화사한 열정으로 관심을 끌면서 수선화나 인동덩굴, 치자꽃 등의 순수로 승화시키는 거죠. 그 가교는 시그니처에 들어간 제비꽃이 맡게 하면 굉장히 자연스럽게 연결이 될 거 같아요. 즉, 시그니처는 앞에다 뿌리고 대조편은 뒤에다. 앞은 사랑스럽게 아마빌레, 뒤는 청아하고 순수하게 그라지오소."

"우와, 그거 환상적일 거 같은데요?"

피디가 반색을 했다.

향수는 섞어 쓰지 않는다. 일반 상식이다. 그러나 지금은 역발상의 시대다. 향수에 홀린 까닭인지 강토의 말에도 홀려버리는 피디였다.

"그럼 일단 수선화와 인동덩굴, 월하향에 바닐라, 실측백나무, 라프다늄 향, 때죽나무의 수지와 카스카릴라, 베르가모트와 카밀레 등을 구해 주세요. 프래그런스 오일은 안 되고요 전문가들이 주스라고 부르는 진짜 콘센트레이트나 앱솔루트 등으로 주셔야 합니다."

프래그런스 오일은 이미 용매를 포함하고 있다. 대개 초보자나 실습을 위한 경우가 많아 향 분자가 우수하지 않았다.

"목숨 걸고 수배해 보죠."

"고맙습니다."

"고마운 건 나예요. 그리고 그 향수들은 방송 끝난 후에 출연 연예인들에게 경매 붙여서 강토 씨 지갑에 꽂아 줄까 하는데 어떻게 생각하세요?"

"그러면 고맙죠."

"나도 경매 응찰 자격 주는 거야?"

손윤희가 아이처럼 물었다.

"당연하죠. 저도 응찰할 거예요."

피디가 장단을 맞춘다.

"기본 출발 가격은 내가 정할래."

손윤희가 한발 더 앞서간다.

"그러세요."

알콩달콩한 케미.

피디의 수락과 함께 강토의 방송 출연이 확정되었다.

이 수락 역시 전략적이었다. 유럽 쪽이야 아네모네가 주단을 깔아 주었다. 그렇다면 손윤희의 컴백 방송은 한국 쪽 주단 깔기였다.

장 피디의 프로그램 출연자들은 초특급들이다. 그들이라면 입소문에 제격이었다. 그렇게 되면 연예인들을 상대로 하는 시그니처도 만들 수 있었다. 손윤희가 증인이니 안 될 것도 없었다. 두 데뷔전이 성공적으로 끝나면 공방 개업도 가능하다. 그 둘이 최상의 스펙이 되는 것이다.

그런 다음에 스타니슬라스와 라파엘 교수를 통해 영역을 넓힌다. 강토가 꿈꾸는 시그니처는 한국인만이 아니었다. 블랑쉬가 그랬듯, 지상의 모든 사람을 위한 시그니처를 꿈꾸는 것이다.

단 한 사람을 위한, 그의 운명조차 바꿔 놓는 절대 향수 시그니처…….

"준비되었나요?"

강토가 훈련소 조교 모드로 물었다.

"준비됐습니다."

"그럼 시작합니다?"

"네, 닥터 시그니처."

상미가 답했다. 그녀는 부동자세다. 눈도 감았다. 강토가 작은 향낭 주머니를 꺼내 놓았다.

"시작."

주머니를 내려놓은 강토가 한 발 물러섰다. 상미는 테이블

앞이다. 단정하게 앉았다. 장소는 아네모네 샘플실이었다. 오 팀장의 허락을 받은 강토와 상미가 잠시나마 장악(?)을 하고 있었다.

어느새.

학생 인턴의 마지막 날이었다.

"후읍."

상미가 가볍게 심호흡을 한다. 흉곽이 풍선처럼 부풀었다 줄어든다. 하지만 보이지 않는 콧속 후각세포와 후각망울은 더 격렬하게 반응하고 있었다.

후각 능력 향상을 위한 훈련.

강토가 여름방학 동안 조향사로서의 발판을 마련했다면 상미는 후각 향상의 성과를 거두었다. 담배 사건까지 겪으면서 후각의 향상을 바랐던 상미. 강토가 대안으로 준비한 향낭 훈련에 올인 한 게 먹혔다. 제법 좋은 결과를 얻은 것이다.

그녀는 강토를 꿈꾸지 않았다. 그런 천재적인 후각까지는 필요 없었다. 그저 애쓰면, 미치도록 집중하면 남들이 맡는 것 정도는 맡을 수 있는 수준을 이루고 싶었을 뿐이다.

"향의 판타지로 들어가는 문 앞에 서 있다고 생각하고 빡세게 해 봐."

빡세게.

거기 방점이 찍혔다.

'빡세게 한다고 될 일이면…….'

다른 때 같으면 반발했겠지만…….

강토의 기적 같은 도약을 지켜본 상미였다. 닥치고 따랐다.

며칠 몰입하자 효과가 나오기 시작했다. 몰아붙이니 조금 더 나아졌다. 조향사로 성공할 정도는 아니지만 일반인 수준까지는 올라온 것이다. 상미에게는 그게 기적이었다.

"오렌지."

첫 번째 노트를 무난하게 잡아내는 상미였다.

"좋았어."

강토가 응원의 목청을 높였다.

"그리고… 만다린."

"오케이."

"다음은… 자몽?"

"좋아."

강토가 주먹을 불끈 쥐었다. 향낭 안에 든 건 감귤류의 향이었다. 같은 계열의 향이 이어지는 건 구분하기 어렵다. 예를 들어 재스민과 라임 향은 구분이 쉽지만 오렌지와 라임 향의 구분은 어려운 것이다.

"다음은……."

상미가 살짝 헤매기 시작한다. 하지만 상관없었다. 여기까지만 해도 이 훈련을 하기 전에 비하면 엄청난 향상이었다.

"레몬?"

"빙고."

"또 있어?"

"하나 남았어."

"아오."

조바심을 삭여 낸 상미가 재도전에 나선다.

"천천히… 시간제한 있는 거 아니야."

"알았어. 이 냄새… 잠깐만… 아… 베르가모트?"

"와우."

마지막 발언에 강토가 쾌재를 불렀다.

"맞았어?"

상미가 눈을 떴다.

"응, 100점이야."

"진짜지?"

"그렇다니까. 확인해 봐."

강토가 향낭을 가리켰다. 상미가 보니 정말이었다. 향을 묻힌 리넨에는 이름이 적혀 있었다.

라임, 레몬, 만다린, 베르가모트, 오렌지, 자몽…….

"으악, 내가 진짜 다 맞혀 버렸어?"

상미가 향낭을 안고 울먹인다.

"축하한다."

"고마워. 다 네 덕분이야."

"아니, 네가 노력한 덕분이야. 잠도 안 자고 냄새 맡았다면서?"

"내일이면 인턴 끝이잖아? 그래서 죽기 살기로 했어. 하지만 네가 아니면 안 됐을 거야. 네 말이라서 믿고 따른 거지."

"우냐?"

"뭐래? 울기는… 그냥 좋아서 그러지."

"그럼 이제 희귀 향 시향 돌입?"

"응."

상미가 고개를 끄덕거렸다.

"뭐부터?"

"재스민부터, 그리고 로즈 시리즈. 다른 건 몰라도 그 두 가지는 다 맡고 갈 거야."

상미의 의욕은 화산의 용암처럼 끓고 있었다.

* * *

장 파투 조이.

첫 주자의 블로터가 나왔다.

"아아, 이거구나? 지구에서 가장 사치스러운 재스민의 향기… 네 말처럼 처음에는 쩐 내가 섞인 것 같은데 그다음부터 그냥 제어 불능 판타지야."

상미는 블로터를 뗄 줄을 몰랐다. 일단 강토가 시향 하고 소감을 말하면 확인하는 것이다. 전에는 이조차 불가능했던 상미. 이제 일반인 수준의 감상은 가능하니 장족의 발전이었다.

"자스민 느와 레쌍스. 플로럴 우디 머스크 속에서 빛나는 삼박재스민의 매력."

"마른나무 향이 이런 거구나. 향이 정말 자연스러워."

"우디와 머스크가 들어갔지만 재스민 단일 노트처럼 은은함의 끝판왕 블러쉬 마크 제이콥스."

"은은하다는 게 어떤 건지 알 것 같아."

상미 앞의 블로터가 늘어난다. 재스민이 끝나고 로즈로 이어진다. 상미는 쉬지도 않는다. 정말이지 샘플실의 모든 향수를 먹어 치울(?) 기세였다.

몰입의 시간이 끝나갈 때쯤 오 팀장이 들어왔다.

"아직이야?"

"팀장님."

상미가 블로터를 놓고 돌아보았다.

"실장님이 강토 좀 오라던데? 위에서 계약 수락이 떨어졌나 봐."

"가 봐."

상미가 강토 등을 밀었다.

향수 신제품 외주 계약서.

그건 이미 받아 가지고 있었다. 계약에 서툰 강토를 위해 유쾌하가 배려를 한 것이다. 시간을 가지고 살펴보고 다른 사람의 조언을 받아도 된다고 했다. 강토는 작은아버지의 도움을 받았다. 작은아버지 친구 중에 주학길이라는 검사가 있었다.

「불공정 조항 없음」

그의 결론이었다.

"손윤희 여사님 특집 방송에 출연한다고?"

실장실에서 유쾌하가 물었다.

"어떻게 아셨어요?"

"손 여사님에게 연락이 왔거든. 우리 향수 광고모델 수락하셨어."

"와아, 잘됐네요."

"강토가 향수도 만들어 간다고 하던데?"

"피디님 요청이 있어서요."

"나도 그 방송 보러 갈 거야."

"어, 정말요?"

"우리 모델이시잖아? 강토 향수까지 구경할 수 있으니 더 가야지."

"열심히 만들어 보겠습니다."

"조향 오르간은 보름 안에 세팅해 줄게. 스타니 박사님 수준 정도로. 더 필요한 건 언제든지 청구만 해. 구할 수 있는 건 다 구해 줄 테니까."

"감사합니다."

인사와 함께 사인을 했다. 강토가 맺은 첫 번째 정식계약이었다.

인턴의 마지막 날, 아네모네 개발실을 돌며 작별 인사를 했다. 처음 왔을 때와는 풍경이 바뀌었다. 그때는 경수와 은비가 먼저였다. 하지만 이제는 강토와 상미가 먼저였다.

"아쉽네."

"그러게. 강토하고 계속 일하면 좋을 텐데……."

차 선생과 백 선생은 아쉬움을 감추지 못했다.

"선물."

오 팀장이 기본 에센스를 챙겨 주었다. 대표적인 노트에 많이 쓰이는 것으로 20여 가지였다. 모두가 좋아했다. 더 신나는 건 사례금이 나왔다는 것. 학생 인턴이라 보수는 없는 것으로 되어 있었는데 소정의 금액이 지급되었다.

끝으로 인턴 생활에 대한 소감문과 의견 등을 적고 있을 때 이창길 교수가 도착했다. 올 때처럼 생색을 내시기 위해서였다.

"아이고, 유 실장님."

시작부터 가식이 뚝뚝 흘렀다.

"우리 애들 받아서 지도하시느라 얼마나 고생 많으셨습니까?"

음료수 박스는 덤이다.

"아닙니다. 학생들이 우수해서 도움이 많이 되었습니다."

"그럴 리가요? 내가 방학 동안 일본 향료계의 이슈를 좀 돌아보느라 어제야 귀국을 했습니다. 한번 찾아와서 식사 대접이라도 했어야 했는데 면목이 없습니다."

"괜찮습니다. 향수나 멋지게 만들어 주세요."

"그건 걱정 마십시오. 한두 가지는 이미 완성되었고… 페리를 타고 오면서 바다에서 기막힌 영감도 얻었거든요. 제 작품, 뉴욕에서 대박 칠 겁니다."

"그러길 바랍니다."

"그나저나 우리 애들 어땠습니까?"

"다 기본이 좋았습니다. 교수님이 제대로 가르치셨더군요."

"그거야 인사차 하시는 말씀일 테고 남경수 어떻습니까? 실습 강의 나오셨을 때도 말씀드렸지만 제가 볼 때는 쓸 만한 재목인데……."

"잘하더군요. 후각도 괜찮고……."

"집안도 괜찮습니다. 아버지는 교육부 고관이고 어머니는 식약청 고관……."

"……."

"우리 학교가 2학기 때 지보단 추천생 한 명을 결정해야 합니다. 미안하지만 이번 인턴을 기준으로 한 명을 추천해 주시면 최종 심사에 반영해 보겠습니다."

"교수님 마음은 남경수 학생 쪽일 것 같군요?"

"당연하죠. 우리 학교 부동의 에이스입니다. 지보단에서 체계적인 교육만 받으면 아네모네에서도 큰 역할을 할 수 있을 거라 생각합니다."

"그건 경수 학생에게 물어보시죠. 여럿이 인턴을 했으니 누가 추천을 받아야 하는지 분위기를 알 걸로 봅니다."

"그렇게 하죠."

이 교수가 웃었다. 유쾌하의 일임으로 생각했다.

"부모님은 잘 계시지?"

이창길이 차량까지 따라 나온 경수에게 물었다. 아네모네가 증정하는 향 원료를 이창길 차의 트렁크에 실어 주려는 것이다.

"네."

"인턴은 어땠어?"

"좋았습니다."

"유 실장님도 너를 잘 본 모양이야. 내가 한 사람을 추천해 달라고 했더니 네 의견을 물어보면 될 거라고 하더군."

"제 의견……."

경수가 풀이 죽는다.

"윤강토는 어땠어? 실습실에서 일어난 일들 말이야, 여기서는 그런 허튼수작 부리지 않았지?"

"그게……."

"왜? 무슨 일이 있었어?"

"교수님."

"응?"

"방금 우리 넷 중에서 한 명을 추천해 보라는 거 말입니다. 한 명을 꼽으라면……."

"당연히 너지."

"아닙니다. 윤강토입니다."

"윤강토?"

"예."

"뭐야? 그놈이 여기서도 무슨 수작을 부린 거야?"

평온하던 이 교수의 인상이 확 바뀌었다.

"죄송하지만 강토의 실력은 수작이 아니었습니다. 제가 보기엔, 실력입니다. 포텐의 전격 폭발이라고 할까요?"

"지금 무슨 소리를 하는 거야? 강토는 거의 후맹이야."

"아닙니다. 강토 후각은 찐입니다. 제대로 돌아온 거 같습니다."

"경수야."

"인턴 하는 한 달 동안 사건들이 많았습니다. 강토는 오 팀장님이 만든 향수가 깨지자 그걸 재현해 주었고 탁월한 후각으로 향 포집을 했으며, 최종적으로는 프랑스 조향 대가의 동시통역을 맡아 활약했는데 그분도 강토 실력을 인정……."

"그게 말이 돼? 프랑스 조향 대가 누구?"

"스타니슬라스 박사라고 하더군요."

"스타니슬라스?"

이 교수의 얼굴이 하얗게 질려 갔다. 라파엘도 프랑스에서는 그리 빠지지 않는다. 하지만 그조차도 스타니슬라스에 비하면 약했다. 그런 스타니슬라스가 강토를 인정?

"게다가 동시통역? 윤강토가 불어를 그렇게 잘해?"

"이건 뭐 그냥 원어민이더군요. 전에 본 중국어보다도 잘하는 것 같았습니다."

"……?"

"해서 제게 물으신다면 윤강토입니다. 저도 열심히 했지만 강토에게는 미치지 못합니다."

"경수야."

"죄송합니다."

"잠깐, 잠깐만."

이 교수가 안으로 뛰었다. 경수는 믿을 수 있다. 그러나 지금 경수가 하는 말은 믿을 수 없었다. 안으로 들어온 그는 오 팀장을 불렀다. 자신이 데리고 있던 조향사. 그녀라면 믿을 수 있을 것 같았다.

"……!"

오 팀장의 설명을 들은 이 교수는 한 번 더 아찔했다.

"사실입니다."

그녀의 답이었다.

그래도 이창길, 쓰러지지는 않았다. 오 팀장이 강토에게도 작품 외주를 준 걸 말하지 않은 것이다. 전 같으면 시시콜콜 다 말했겠지만 그녀는 이미 강토의 편이었다. 더구나 외주 건에 대해서는 이창길에게 말하지 말라는 유쾌하의 엄명도 있었다.

"오 팀장."

"팩트인걸요. 제 생각에는… 교수님이 그 긴 시간 동안 왜 그런 능력을 보지 못했는지 의아할 정도입니다. 후각에 조향 능력에 불어까지……."

"……."

"우리 실장님이 이런 말을 하시더군요. 우리 아네모네 조향팀을 다 합쳐도 강토만 못할지도 모르겠다고."

"말도 안 되는……."

"스타니슬라스 박사님도 그 비슷한 말을 하셨거든요."

"……!"

이 교수의 말문이 제대로 막혔다.

"하지만 경수의 지보단 추천 건은 큰 걱정 안 하셔도 될 것 같습니다. 강토는 유럽 조향 유학에 대해 별생각이 없더군요."

"……."

"아, 혹시 윤강토가 손윤희라고 왕년의 톱스타를 구해 낸 건 알고 계신가요?"

"……."

"잘 모르시군요. 그녀가 애정하는 시그니처를 재현했는데 아무래도 농부르 띠미드 같았어요."

"농부르 띠미드?"

"그 향을 한번 맡아 보셨으면 좋았을 것을요."

"오 팀장."

"저는 조향 회의가 있어서요. 다음에 또 뵙겠습니다."

오 팀장이 돌아섰다.

그녀의 힐 굽 소리가 이 교수 귀를 또박또박 파고들었다. 소리가 창이 되어 귀를 찌른다. 한 방 제대로 먹었다.

오 팀장의 뉘앙스가 그랬다.

오랫동안 호의적이었던 오 팀장. 이토록 사무적인 느낌은 처음이었다.

밖으로 나와 경수에게 디테일을 들었다.

이제는 경수까지도 강토를 의심하지 않고 있었다.

여름방학 한 달.

이 교수가 손을 써서 만든 학생 인턴 제도.

그 한 달 동안 대체 무슨 일이?

평온하게 돌아가는 아네모네에서 이창길만 홀로 황당했다.

[그라스 탑승 준비 완료.]

폭염이 내리쬐는 날 공항에서 상미의 카톡이 날아왔다.

[잘 다녀와라.]

[향낭도 가지고 간다. 거기서도 연습할게.]

[거리에서는 하지 마라. 유럽에 소매치기 개많아.]

[누가 내 후약 좀 훔쳐 가면 좋겠다.]

[많이 좋아졌잖아?]

[방송용 향수는?]

[어제 향료 도착했어. 이제부터 만들려고.]

[궁금해 죽겠네. 녹화할 때 올 거니까 시향 좀 시켜 줘.]

[그거 시향 할 생각 말고 스타니 박사님 찾아가서 좋은 향수나 보여 달라고 졸라.]

[이궁, 나 아는 척이나 하시려나 몰라.]

[멀미하지 말고 잘 다녀와라.]

[알았어. 너도 파이팅.]

상미 카톡이 끝났다.

작은 테라스에서 마당을 내려다본다.

거기 할아버지의 꽃이 있었다.

방 시인이다.

작은 의자에 앉아 모델이 되고 있다.

향수로 치면 두 사람은 너트메그와 재스민쯤 되었다.

같이 있으면 시너지가 생긴다.

할아버지는 화가로 더 돋보이고 방 시인 역시 시인의 재기가 반짝거렸다.

「월하향」

투베로즈다. 꽃 중에서도 스트롱한 향으로 유명하다.

특히 달무리 지는 밤에 더 향이 강해진다.

덕분에 루이 14세의 총애(?)를 받았다.

투베로즈는 보기와 달리 향이 열정적이다.

그러면서 풀잎처럼 싱그러운, 소독약처럼 코를 쪼는 느낌까지 포함한다.

그러나 이 향은 쉽게 날아간다.

그게 단점이었다.

그러나 강토에게는 아니었다.

장 피디에게 부탁한 재료들이 완전하게 도착한 것이다.

대부분은 알코올 80%에 희석된 주스, 즉 콘센트레이트였다.

라프다늄과 실측백나무, 바닐라 향, 베르가모트와 카밀레 등으로 20여 가지나 되었다.

하나하나 품질을 확인한다.

블랑쉬의 기준으로 보면 최상은 아니었지만 그래도 중간은 되었다.

두세 가지가 더 필요했는데 초콜릿 향과 사향이었다.

초콜릿 향은 따로 구했고 사향은 블랑쉬의 선물이 버티고 있었다.

「바닐라, 라프다늄, 사향, 실측백나무 향」

이 다섯 가지면 월하향을 잡을 수 있었다.

초콜릿 향을 넣는 건 바닐라에 대한 보완이었다.

투베로즈의 크리미한 향을 한층 더 돋보이게 하려는 생각이다.

바닐라가 없다면 초콜릿 향만 넣어도 무방했다.

두 번째는 손윤희와 약속한, 앞은 사랑스러운 아마빌레, 뒤는 순수한 그라지오소 향수였다.

마지막으로 세 번째 작품은 블랑쉬 첫 작품의 완벽 재현이었다.

'천년후에'로 이름 붙인 향수가 바로 그것인데 때죽나무의 수지와 카스카릴라가 빠졌었다. 그때는 미처 그 향료를 구하지 못한 것.

하지만.

이제 그 향료까지 구비되었으니 빈 곳까지 다 채우는 완전품을 구현할 생각이었다. 자그마치 방송 출연이다. 완전판을 첫 작품으로 소개하는 건 너무나 당연했다.

그렇게 세 가지 향수 제조의 미션.

용매로 쓸 포도주 주정 에틸알코올을 꺼냈다.

'CH3CH2OH, 분자량 46.07.'

이 에틸알코올의 스펙(?)이다.

부탁해.

플라스크에 에틸알코올을 따르며 시작했다.

블랑쉬의 현대 조향계 공식 데뷔전이자 강토의 데뷔전.

연상 스케치를 그리는 강토 마음은 뜨끈 달아오르고 있었다.

제5장

자상파를 장악하다 I

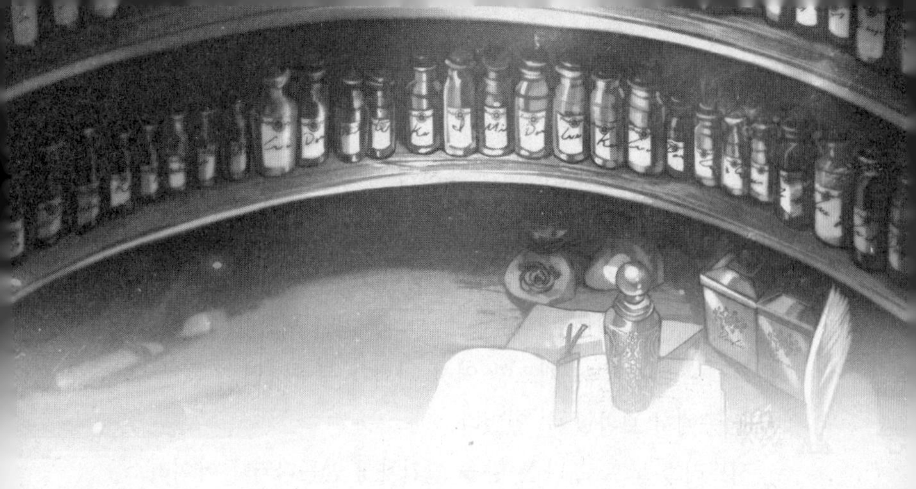

투베로즈로 불리는 월하향.

각각의 향료를 바라보며 스케치를 한다. 월하향을 달빛보다 돋보이게 만들려는 밑그림이다. 밑그림의 관건은 각 향의 농도와 성격이다. 그 특성에 따라서 용량을 더하고 뺀다. 이 향료의 원재료들은 블랑쉬가 다 먹어 본 것들이었다. 그렇기에 향 스케치에 오랜 시간이 걸리지 않았다.

향을 넣고 용매를 부을까?

용매에 향료를 직접 섞을까?

그것조차 강토에게는 상관이 없었다.

후자를 택했다. 알코올에 향료가 떨어질 때 천국처럼 피어

나는 향 분자의 확산이 너무 좋았다. 조금 더하고 덜한 건 문제가 되지 않았다. 블랑쉬에게는 수정법이 있었다. 예를 들어 주황색으로 상징되는 오리엔탈 향이 살짝 과하면 초록으로 상징되는 푸제르나 보존성 향료로 다스리면 되었다. 색상표에 붉은색으로 통하는 재스민 역시 기세가 부족하면 초록의 향료군 중에서 보완할 수 있었다.

시트러스 노트로 다른 향을 활기차게 만든다거나 아이리스로 플로럴 노트를 받쳐 주는 것, 재스민을 이용해 너트메그의 신비성을 부각시켜 주는 것 등이 그 방법이었다.

주의할 것은 방치였다. 월하향이나 수선과 같은 향들은 몇 시간만 공기에 방치해도 향이 날아가 버리는 것이다.

'사향…….'

블랑쉬의 보석을 꺼냈다. 향은 맡아 보았지만 향수로는 첫 쓰임이었다. 블랑쉬의 선택을 받은 사향의 향은 깊은 위엄을 뿜었다.

알레우리틱산에서 도출한 암브레톨리드…….

그 인공 사향과는 비교 불가였다.

이게 아니어도 사향의 효과는 낼 수 있었다. 사향의 친척으로 불리는 미모사와 장미를 이용하면 가능하다. 하지만 방송 출연이었다. 어쩌면 블랑쉬의, 그리고 강토의 진정한 데뷔무대가 될 수 있었다. 그렇기에 찐 사향을 허락하는 것이다.

톡.

그 위엄이 베이스노트를 책임졌다. 실측백나무 향을 더해 품격까지 세워 주었다. 최근 주로 사용하는 앰버나 머스크와는 차원 다른 느낌이 생생했다.

하트노트는 당연히 월하향, 투베로즈였다. 장 피디가 원한 게 단일 노트 쪽이었으므로 추가되는 에센스들은 월하향의 매력을 살리는 분량만큼만 가미했다. 바닐라와 초콜릿 향, 라프다늄 등이 그것이었다.

바닐라 향 분량 10분의 3에 불과한 초콜릿 향의 추가는 신의 한 수가 되었다. 그렇잖아도 크리미한 월하향이 아지랑이처럼 소곤소곤…….

좋았어.

마무리는 화이트 플라워군에서 재스민을 추가했다. 톱노트용인 동시에 월하향의 매력을 상승시키는 역할이었다.

살랑.

마무리까지 달리고는 플라스크 목을 잡고 가볍게 향을 믹스했다. 그런 다음 플라스크 목으로 넘실거리는 향을 음미한다.

월하향은 달무리를 넘나들며 애를 태우는 달처럼 아련하면서도 선명했다.

아주 좋았어.

월하향 향은 만족스러웠다.

두 번째 향은 순수의 정수였다. 수선화에 인동덩굴을 앞세웠다. 다음으로 고른 향은 재스민과 베르가모트, 그리고 카밀레 등이었다.

수선화는 순수한 소녀의 향이다. 실제로 소녀들에게서 수선화 향이 난다. 다른 사람은 몰라도 블랑쉬는 알고 있다. 재스민과 베르가모트, 카밀레 등은 순진무구를 위한 소재들이었다.

밀감, 재스민, 시트론.

수선화, 인동덩굴, 박하, 카밀레, 제비꽃.

베르가모트, 샌들우드

향의 스케치는 끝났다.

강토가 그리는 향의 주제는 순진무구에서 우러나는 순결함이었다. 포인트는 두 갈래다. 수선화와 인동덩굴로 순결함을 터치하면서 투명한 느낌을 주는 한편 밀감과 재스민의 조화, 박하와 카밀레의 합작으로 베르가모트를 살짝 올려 주는 원리를 도입했다. 천진난만에 생기를 부여하는 구성이다. 베르가모트가 그랬다. 네롤리와 함께 성스러운 시트러스였으니 순결한 이미지에 이어지는 것이다.

밀감에 재스민 짝을 지은 것 역시 같은 의도다. 시트론에게는 강조, 즉 변조제의 임무를 맡겼다. 시트론은 감귤 계열을 만나면 향의 옥타브를 리프팅해 준다. 순진무구에 생동감을 부여하기였다.

각 노트들이 투하되기 시작했다.

강토는 이미 향 분자들과 혼연일체가 되어 있었다.

톡.

향이 떨어지면,

'흐음.'

강토의 코가 먼저 느낀다. 향 분자와 분자가 섞이면서 어떤 효과를 내는지. 조금 부족한지, 혹은 조금 과한지. 향은 그렇게 하나의 세계를 창조해 간다. 누군가 간직하고 싶던 자연의 향 한 움큼과 한 결. 그걸 더 생생하게 재연하는 것이다.

샌들우드와 베르가모트가 들어갔다.

박하와 카밀레에 수선화와 인동덩굴도 섞였다.

여기서 강토 시선이 아네모네에서 얻어 온 한국 향으로 옮겨 갔다. 손윤희는 한국 사람이다. 외국 무대로 가는 것도 아니다. 그렇다면 한국 향이 포인트가 될 수 있었다.

옥잠화.

순박한 한국 여자의 살결 같은 향이 이 어코드와 잘 맞았다.

톡.

수선화를 해치지 않을 정도만 넣었다.

'제비꽃…….'

이제 피펫에는 제비꽃 향이 담겨 있다. 미량이다. 여기서 제비꽃은 전면에 뿌린 향과 후면에 뿌리는 향을 이어주는 전령의 역할이다. 앞뒤의 향을 자연스럽게 이어 주는 것이다.

톡.

밀감에 시트론, 재스민까지 투하하면서 제조가 끝났다.

'후우.'

의자를 뒤로 젖히며 긴장을 풀어낸다. 그다음 들숨에 향 분자가 딸려 온다. 냄새는 숨길 수 없다. 플라스크를 잡고 살랑 흔드니 마음속이 청명하게 정화된다. 정말이지 순수 속에 선 소녀를 마주하는 느낌이었다.

'블랑쉬.'

전에 만든 향수를 꺼내 놓고 중얼거렸다.

천년후에 중에서 블랑쉬에게 헌정했던 그 향수였다. 그사이에 향은 조금 더 맛나게 익어 있었다.

「네 향을 공식적으로 공개하게 될 거야.」

「이제 알랑의 작업실에서처럼 갇혀 있을 필요 없어.」

「지난번에는 조금 부족했는데 오늘은 아니야.」

「그때는 없던 향료를 구했거든.」

향수병을 열었다.

'흐음.'

향을 맡으며 상태를 파악한다. 그 안으로 때죽나무의 수지와 카스카릴라를 미량 떨구었다.

'아.'

빈 곳이 채워진 향이 강토의 후각을 사로잡았다. 세련미가 더해지면서 심오해진 것이다. 잡다한 첨가제를 사양한 19세기의 정통 향수 기법. 이 솔직한 감동이 바로 블랑쉬의 후각이 그린 그림이다. 그의 첫 작품의 완전한 복원이었다.

좋았어.

향을 맡으니 의식이 나른해진다. 순진무구의 새 작품과도 통하는 이미지였으니 더 흡족했다.

완성된 향수 세 가지를 전용 냉장고에 넣었다. 정확하게 말하자면 두 개는 창작이었고 하나는 보완이었다. 시계를 보니 새벽 한 시가 넘었다. 다락방에서 내려와 물을 마셨다. 강토가 다시 다락방으로 올라간 후에 할아버지의 방문이 열렸다.

할아버지는 자지 않고 있었다. 강토의 뒷모습을 보며 가만히 웃었다.

좋지.

명인이 되려면 미쳐야 한다. 할아버지 역시 그런 시절을 지냈다. 20대 청춘 때 그림에 미쳐 산 것이다. 생각한 대로 색조가 나오거나 스케치가 기막히게 먹혔을 때, 그 그림이 완성될 때까지 몰두한 날이 많았다. 밥 한 끼 굶고 하룻밤을 새우는 정도는 일도 아니었다.

조향도 예술이다.

보이지 않는 냄새를 모아 향수라는 그림을 그린다.

그렇다면 화가처럼, 음악가처럼 미쳐야 한다.

'녀석, 내일 아침에는 보신 좀 시켜 줘야겠는걸?'

할아버지는 다시, 소리 없이 문을 닫았다.

엇?

아침에 잠이 깬 강토 코가 소스라쳤다.

맹세컨대 이 집에서 처음 나는 냄새였다. 냄새의 분자를 추적해 본다.

주방이다.

무와 미나리 냄새…….

그리고 생선이다.

미치도록 개운하고 담백한 냄새…….

할아버지의 레퍼토리에 없던 녀석이 등장한 것이다.

뭐지?

대구 지리?

아니다.

낙지가 들어간 연포탕?

그것도 아니다.

도루묵?

아니, 아니…….

아오, 못 참겠다.

냄새보다 궁금증에 밀려 다락방에서 내려왔다.

"깼냐?"

주방의 할아버지가 돌아본다. 앞치마를 두르고 계시다. 큰 그림을 그릴 때도 앞치마를 두르신다.

"못 보던 생선 냄새가 나서요."

강토가 코를 벌름거렸다.

"그렇지?"

"뭐예요?"

"흐음, 대성공인걸? 우리 후각 박사도 못 맞히는 걸 보니?"

할아버지가 냄비 뚜껑을 열었다.

"……?"

"그게 바로 참복이라는 거다. 담백함의 끝판왕?"

"복어요?"

"그래, 처음이지?"

"이거 독이 들었다면서요?"

"얀마, 손질된 거 산 거야."

"우와, 이게 복어로구나?"

코가 행복했다. 새로운 냄새인 것이다. 무와 미나리에 묻어나는 복어 냄새는 푸근하면서도 청량했다.

"맛 어떠냐?"

"끝내주는데요?"

한 수저를 맛본 강토가 소감을 밝혔다.

"으음, 이참에 식당이나 차릴까?"

"에에, 할아버지가 끓인 거 아니네?"

강토가 눈을 흘겼다.

"얀마, 내가 끓인 거 맞아."

"그런데 왜 주방에서 방 시인님 체취가 나요? 조금 전 같은데?"

"아, 진짜… 이놈 무서워서 데이트하겠나? 간 좀 봐 달라고 불렀었다. 왜?"

할아버지가 자수를 했다.

"진도 좀 나갔나 보네요?"

"이놈아, 너 피곤할 거 같아서 특보신 좀 시키느라고 염치 무릅썼다. 됐냐?"

"아무튼 고맙습니다."

"향수는?"

"제대로 끝냈죠."

"그럼 이 할아비한테 하나 상납해야지."

"죄송하지만 이번 것은 안 돼요."

"너하고 나 사이에 이러기냐?"

"대신 다른 선물 드릴게요."

"선물?"

"저 이제 인턴 끝났잖아요? 얼마 후에 지상파방송 출연해요."

"방송? 유튜브가 아니고?"

"그건 잠시 쉬고 있잖아요. 이번에는 진짜 방송에 나가요.

그것도 손윤희 이모님하고 같이요."

"손윤희라면 그 유명 연예인?"

"넵."

"왜?"

할아버지가 고개를 디밀었다. 손윤희와의 사연은 할아버지도 알고 계신다. 강토가 병원에 실려 갔을 때 손윤희가 왔었고 인사도 나눈 사이였다.

"수순이죠 뭐. 그분 이제 컴백하잖아요? 그분이 제 향수 때문에 후각신경 무사하게 되어서 그 사연과 함께 제 향수 소개해 준대요."

"방송에서? 그것도 지상파?"

할아버지 눈이 휘둥그레진다. 그림만 그리시다 보니 이런 정보 능력은 떨어진다. 할아버지는 아직도 지상파가 최고인 줄 알고 있다.

"방 시인님이랑 같이 방청하러 오세요. 제가 피디님께 말씀드려 놓을게요."

"그, 그래도 되냐?"

"아, 국물 개운하다."

복어 국물에 반한 강토, 냄비째로 집어 들고 들이켰다.

"얀마, 그렇다고 다 먹어 버리면 나는?"

할아버지가 울상을 짓는다.

"할아버지는 방 시인님께 얻어먹으면 되잖아요."

그러거나 말거나 남은 국물까지 알뜰하게 흡입하는 강토였다.

식사 후에 마지막 작품에 들어갔다. 공현아에게 약속한 그 향수였다. 장 피디가 보내 준 향료 중에 필요한 것들이 있어 만들 수 있게 되었다. 엄청난 고민과 함께 만들어 본 것이라 크게 어렵지 않았다. 옴니스 멤버들도 원했으므로 몇 병을 더 만들었다.

공현아.

향수병에 담으며 그녀를 생각했다

병 속의 향은 얌전한데 강토 얼굴만 괜히 붉어졌다.

마침내 방송의 날이 밝았다.

강토가 전용 냉장고의 문을 열었다.

치잇.

치잇.

시잇.

세 향수가 분출되자 세 판타지가 펼쳐졌다. 월하향은 기가 막히다. 손윤희를 위한 연결편 향수는 너무 순수해 맥이 풀릴 지경이었다.

마지막으로 공현아의 것을 테스트한다.

치잇.

그 또한 완벽했다.

"아아아."

방송국에 같이 가기 위해 달려온 옴니스 멤버들이 흐늘거렸다. 다인과 준서 사이에 상미가 있었다. 방송을 보기 위해 여정을 이틀이나 앞당긴 그녀. 공항에서 바로 달려온 것이다.

"나 월하향에 반할래."

다인이 저절로 늘어진다.

"수선화 향은 동화 속에서 걸어 나온 소녀와 마주 선 느낌."

상미의 평도 그렇게 늦지 않았다. 프랑스에서도 향낭 훈련을 지속한 덕분이었다.

"이제 강토가 아니라 진짜 닥터 시그니처네."

준서도 혀를 내두른다.

그래도 강토 마음에 든 건 블랑쉬의 향수였다. 때죽나무 수지와 카스카릴라가 들어가면서 장미와 패랭이에 생기를 더했다. 정말이지 만져질 듯 생생하면서도 심오한 향이 된 것이다. 때 묻지 않은 저 19세기의 색채를 숭덩 베어 온 것 같았다.

"이거 스타니 박사님의 선물."

시향이 끝나자 상미가 콘센트레이트 몇 병을 내밀었다.

"나?"

강토가 고개를 든다.

"방송 출연 예정이라니까 기대가 크시대. 꼭 챙겨 보겠다고 하셨어."

"진짜 찾아갔던 거야?"

"그럼. 정말 반갑게 대해 주시더라. 나도 너처럼 그분 향수 오르간에 앉아 봤어. 그냥 앉아만."

상미가 사진 파일을 열었다. 정말 그 자리였다.

"아앙, 나도 가고 싶다. 그라스와 스타니슬라스 박사님의 조향 오르간."

다인이 울상을 짓는다.

그때 강토 핸드폰 화면이 밝아졌다. 장 피디였다.

—강토 씨, 출발했어요?

"지금 갑니다."

—오케이, 방송국에서 봐요.

통화는 간단하게 마쳤다.

"할아버지는?"

상미가 물었다.

"먼저 보냈어. 방해하면 안 될 일이 있거든."

강토가 웃었다. 할아버지의 차에 방 시인님이 탔다. 그래서 강토도 빠진 것이다.

방송국에는 아는 얼굴들이 많았다.

유쾌하 실장에 차 선생까지 온 것이다.

그리고.

또 다른 얼굴도 있었다.

"유 실장님."

불쾌한 체취가 먼저 다가오는 한 사람, 이창길 교수였다.

이창길 교수.

왜 왔을까?

감은 썩 좋지 않았다.

"안녕하세요?"

강토와 옴니스 멤버들이 인사를 했다. 그래도 교수이기 때문이었다.

"어, 왔냐? 윤강토, 향수도 만들어 오기로 했다고?"

"예……."

"기대한다. 카메라 앞이라고 떨지 말고."

이창길의 오버다. 강토를 격려한다. 다른 날과 다르니 좀 당황스러웠다. 하지만 장 피디가 나오면서 그가 온 이유를 알았다.

*　　　*　　　*

"이 교수님, 제이미 선생님 추천해 주셔서 고마워요. 유 실장님도 오연지 선생님 보내 줘서 고맙고요. 제가 그 두 분 명성 익히 들었거든요."

"……?"

강토 촉이 살짝 일어섰다. 이창길이 추천한 조향사가 제이미?

그렇다면 오늘 향수 감평에 나설 사람은 제이미와 오연지였다.

이창길과 제이미, 그리고 오연지.

케미 돋는 구성이었다.

다들 이창길 인맥에 속하기 때문이있다.

하지만.

이제는 그런 신경 쓰지 않았다. 오연지는 이미 강토를 인정하고 있다. 제이미가 삐딱선을 탄다고 해도 블랑쉬를 넘을 수는 없다. 그의 빛나는 후각만은.

장 피디를 따라 분장실에 들어서자 어깨에 힘이 제대로 들어간 제이미가 보였다. 그녀는 손윤희와 연예인들에게 둘러싸여 있었다. 오 팀장도 보이고 공현아 어머니와 준서 어머니도 보였다.

"어때요?"

제이미는 향수 자랑에 열을 올렸다.

"이번에 제가 만든 수제 오렌지 블라썸 시그니처예요. 귤꽃과 화이트 라일락의 매칭으로 은은하면서도 강렬한 생동감을 주고요, 오리스우드로 마감하여 깊고 깔끔하죠. 이만한 플로럴이면 해외 명품에도 빠지지 않거든요."

블로터가 하나씩 건너간다.

"와아."

"좋다."

출연자들은 향에 취해 감탄을 토해냈다.

대기실 안은 여러 향 분자로 가득했다. 여자 출연자들이 경쟁적으로 향수를 뿌리고 온 까닭이다. 그 가운데 손윤희가 있다. 그것은 곧 캐고스미아와 영원히 작별했다는 증거이기도 했다.

그들 중 단 한 사람만은 향이 미미했다. 메인 진행자 은나래였다.

"윤강토 씨 왔습니다."

장 피디가 말하지만 소란에 묻혀 버렸다. 향수에 빠진 여자들의 오감은 전부 제이미에게 쏠려 있었다.

"아까부터 저런단 말이죠."

장 피디가 어깨를 으쓱해 보였다.

"잠깐만요."

그들에게 가려는 피디를 강토가 막았다.

방법이 있었다. 세 향수 중의 하나를 꺼내 가볍게 분사했다.

치잇.

치잇.

좀 많이.

좀 넓게 뿌렸다.

그런 다음에 가만히 향수를 거두었다.

"……?"

장 피디가 강토를 돌아본다.

뭐 하는 거죠?

그런 눈빛이었다. 하지만 그녀는 말할 수고를 덜었다. 향이 날아가나 싶더니 제이미를 둘러싸고 있던 은나래가 고개를 돌렸다. 강토가 뿌린 향이 그녀에게 내려앉은 것이다.

"응?"

그 옆의 출연자도 향을 감지하고 돌아본다.

"어머?"

또 다른 출연진도 마찬가지다. 강토의 향수가 소리도 없이 그녀들의 후각을 사로잡은 것이다.

"강토 왔구나."

강토를 알아본 손윤희가 반색을 하며 일어섰다.

"안녕하세요?"

강토가 손윤희와 삼총사, 은나래를 포함한 출연진에게 인사를 했다. 그런 다음에 그녀들의 어깨 너머를 더듬는다. 공현아는 보이지 않았다.

"이 향수……?"

여자들이 강토를 바라본다. 동경의 눈빛들이 촉촉했다.

"……."

돌연한 풍경에 신경을 집중하는 장 피디. 향수 한 번 분사하는 것으로 상황을 장악해 버린 강토였다.

치잇.

강토의 마법이 다시 재현되었다. 허공에 향수를 2초간 분사한 것이다. 서비스이자 톱노트의 매혹에 홀린 후각에 대한 위로였다.

제이미가 자랑하는 향수.

강토의 향수 앞에 무력했다.

오렌지 블라썸은 아름답지 않았다. 화이트 라일락과 오리스 우드의 비율이 맞지 않았으니 시간이 지날수록 꼬릿한 향이 깊어질 게 분명했다.

"학생이 윤강토?"

제이미는 조금 늦게 반응했다. 일부러 무게를 잡는 것. 강토는 알 수 있었다.

"이상하네? 실습 시간에 못 본 거 같은데?"

"보셨을 겁니다. 제가 향을 잘 못 맡아서 따끔한 주의를 받았거든요."

또렷하게 답했다. 그녀 역시 강토에 대한 가해자였다. 잊을 리가 없었다.

"내가?"

"네."

"말도 안 돼. 내가 학생들한테 얼마나 신경을 쓰는데… 그런데 향을 못 맡는다면서 어떻게 이런 향수를……."

제이미가 다른 블로터를 들어 보였다. 농부르 띠미드 향이다. 손윤희가 시향을 시켜 준 모양이었다.

"그 후로 후각이 회복되었거든요."

"그래?"

"……?"

"미안하지만 이거 진짜 자기 실력 맞아?"

제이미가 블로터를 흔들었다. 모두가 매혹된 새 향수에 대해서는 일절 언급이 없다. 의식적인 무시였다.

"네."

"신기하네. 실습 시간에 튀던 학생은 다른 사람 같은데?"

"그 학생은 남경수입니다. 선생님이 극찬을 했었죠."

"향수 만들어 왔어?"

"예."

"줘 봐."

"이미 시향 하셨는데요?"

"……?"

강토가 향수병을 들어 보였다. 그녀의 표정이 굳을 때 손윤희에게 향수를 건네주었다. 어차피 그녀에게 헌정할 향수이기 때문이었다.

"조금 전 그 향수야?"

"네. 두근두근 설렘으로, 향수 이름입니다."

"두근두근 설렘, 이름도 딱이네."

손윤희가 준서 어머니를 바라보았다.

"아니죠. 네이밍이 그게 뭐야? 임팩트 없이."

제이미가 친한 척 딴죽을 걸어 왔다.

"손 여사님의 컴백이잖아요? 오랜만이시니 첫 데뷔 때의 설렘 같지 않을까 하는 영감에 그렇게 지었어요."

강토가 한 번 더 강조했다. 제이미의 체취에서 나오는 까칠한 경계심 때문이었다. 다른 건 몰라도 향수로는, 무시받고 싶지 않았다.

"쉿."

향수를 받아 든 손윤희가 좌중에게 사인을 냈다. 마음이 급해지는 게 강토 눈에 보였다.

뽕.

뚜껑을 열더니 향수를 코로 가져간다. 눈을 감고 향수 속으로 빨려든다.

뻑.

그런 다음에야 뚜껑을 뽑는다. 그리고 무의식적으로 향수를 흔들려 하자 강토가 막았다. 완성된 향수는 흔드는 게 아니다.

"이모님, 흔들지 마세요. 애들이 놀라요."

"알았어."

손윤희가 하얀 미소를 지었다. 그 표정은 정말이지 강토 향수의 주제를 관통하는 이미지와 딱이었다.

치잇.

마침내 스프레이가 향을 분출했다.

"……!"

시향 하던 손윤희가 그대로 숨을 멈춘다.

“어쩜, 사춘기 때 설레던 한순간을 숭덩 베어 온 것 같아.”

그녀가 감상에 젖는다. 향은 기억이다. 그 향을 맡으면 그 순간으로 돌아간다. 그렇기에 그녀가 잠시 순수 시대로 돌아간 것이다.

“뭐야? 인동덩굴에 수선화 노트, 베이스노트는 샌들우드?”

노트를 간파한 제이미가 물었다. 잘난 척이 먼저 깔리는 질문이었다.

“예.”

“그럼 밍밍하잖아? 농부르 띠미드와 앞뒤로 매칭할 거라면서? 나라면…….”

“향 평가는 잠깐만 기다려 주시죠.”

강토가 손윤희를 돌아보았다.

“이모님, 향을 어깨와 팔꿈치 안쪽 맨살에 뿌리고 좀 움직여 보시겠어요.”

“맨살?”

치잇.

향수를 뿌리고 걷는다. 그러자 놀라운 일이 생겼다. 은은하던 향이 제대로 조금씩 진하게 느껴지는 것이다.

“……?”

제이미의 표정이 급변한다.

샌들우드.

그냥 샌들우드가 아니라 최상급 천연 향이었다. 이 향은 온기를 따라 발산한다. 옷보다 피부에 뿌려야 진가가 나온다. 게다가 움직이면, 얌전하던 향이 물결처럼 퍼져 나간다.

"이런 샌들우드가 있었어?"

제이미가 오 팀장을 돌아본다. 강토는 빙긋 웃고 말았다. 비교 불가의 존엄. 블랑쉬의 것이었다. 200여 년을 건너온…….

물론 블랑쉬의 샌들우드가 아니어도 상관은 없었다. 향은 색깔과 비슷하다. 원색은 세 가지에 불과하지만 혼합하기에 따라 무한한 색깔을 창조한다. 컴퓨터에서 사용하는 RGB 삼색을 256단계로 구분해 혼합하면 무려 1,600만 종류의 색깔이 나온다. 향 또한 탄소, 수소, 산소, 질소, 황으로 이루어진 기본 향으로 세상의 모든 향을 창조할 수도 있었다.

다만, 블랑쉬의 유산처럼 우수한 향이라면 그 수고를 더는 것뿐이다.

그사이에 손윤희가 정식 향수 세팅을 하고 나왔다. 농부르 띠미드가 전면이었고 설렘으로가 후면이었다. 향수를 뿌리는 포인트는 대개 일곱 곳이다.

어깨와 목.

팔꿈치 안쪽.

양쪽 허리.

손목 안쪽.

허벅지 안쪽.

무릎 안쪽.

아킬레스건 안쪽.

이 부위들이 맥박이 뛰는 곳이다.

가벼운 향수는 상체 쪽에 뿌리는 게 좋고 무거운 향수는 하체에 뿌리는 게 좋다. 그러나 땀이 많이 나는 부위를 가리기 위해, 혹은 겨드랑이 냄새를 지우기 위해 분사하는 건 옳지 않다. 그 어느 경우라도 비빌 필요는 없다.

"어때요?"

우아한 워킹의 손윤희가 일동에게 물었다. 그녀가 지나가면 모두가 넋을 놓았다. 앞은 촉촉한 생동감이 넘치고 뒤는 순백의 순수가 묻어난다. 촉촉한 생기가 인체의 전면을 넘는 순간 제비꽃 향이 인동덩굴의 품에 안긴다. 순간 뜨겁던 환희가 순수의 신세계로 모습을 바꾼다. 잠깐이지만 이마를 때릴 만큼 선명한 향의 충격이었다.

"와아."

모두가 하얗게 질린다.

중독.

그야말로 중독이었다. 주변에 흩어지는 향. 그 향을 한 분자라도 더 느껴 보려는 중독…….

"아, 커피콩이 필요해요. 방송하기도 전에 향에 홀려 버렸네요."

언제 왔을까? 오 팀장의 감상은 탄식이었다. 옆의 제이미도 표정이 굳었다. 향은 솔직했으니 그녀의 입은 딴전을 부릴 수 있지만 후각은 그럴 수가 없었다. 그녀 자신도 모르게 강토의 향수에 보낸 최초의 경이였다.

"방송 10분 전입니다. 준비들 하세요."

스태프가 주의를 환기시켰다.

하지만.

돌발은 오래갔다. 손윤희에게 넋을 놓은 출연진의 귀에 안내 말이 들리지 않았다. 농부르 띠미드만 해도 명작이다. 여자라면 그 향에서 벗어나기 어려웠다.

그런데 치명적인 대조 향이 붙었다. 이건 마치 향의 롤러코스터 같았다. 저 높은 곳의 환희에서 느끼는 감정도 그렇거니와 시리도록 아련한 순수의 울림 또한 헤어나기 어려웠다.

"두 개의 치명적인 매혹을 만나는 것 같아요. 멈출 수 없는 설렘과 거부할 수 없는 순수……."

출연진이 웅성거린다. 몇몇은 눈동자마저 풀렸다. 심지어는 피디조차 자신의 사명을 잊고 있었으니 스튜디오에서 달려온 스태프의 소리를 듣고서야 몽롱함이 수습되었다.

"피디님, 나래 씨, 시간 됐다니까요."

*　　　*　　　*

"뇌종양 판정과 함께 다가온 불치병 캐고스미아. 그로 인해 일상생활조차 불가능해서 후각신경 제거 수술을 하루 앞두고 일어난 기적. 다시는 화면이나 스크린 앞에서 보지 못할 줄 알았던 국민 톱스타."

은나래의 멘트가 나오는 동안 모두가 스튜디오에서 시선을 떼지 못했다.

"얼마 전까지만 해도 대한민국의 신드롬이었던 톱스타 손윤희 선배님을 모셨습니다."

짝짝짝.

방청석에서 박수가 쏟아졌다. 스튜디오에 포진한 출연진들의 박수가 뜨거웠다. 모두가 손윤희를 알았다. 사소한 냄새만 맡아도 속이 뒤집히는 사람. 세숫비누 하나, 샴푸 하나 마음대로 쓸 수 없었던 사람. 오죽하면 선후배의 방문도 받지 못하고 그 어떤 천하 진미도 구토와 구역의 지옥이었던 비운의 톱스타 손윤희. 스튜디오의 카메라가 일제히 그녀를 겨누었다.

"안녕하세요, 여러분."

손윤희가 밝은 얼굴로 손을 흔들었다.

짝짝.

다시 박수가 이어진다. 방청석에는 그녀의 찐 팬들이 출동했다. 그들은 카메라 앞에 선 그녀를 본다는 것 자체가 행복했다.

"선배님, 너무 반가워요."

"저도요."

여자 출연진의 연기가 빛난다. 아까 대기실에서 온갖 안부에 농담, 향수 시향까지 하고서는 마치 처음 보는 듯 눈시울을 붉히는 것이다.

"이제 정말 악취에서 벗어나신 건가요?"

"그래. 다들 걱정해 준 덕에 아무렇지도 않아."

"그럼 이제 집에 놀러 가도 돼요?"

"대환영."

손윤희가 잘라 말했다.

"그럼 여기서 캐고스미아, 그게 어떤 불치병인지 전문가의 설명을 들어 보겠습니다."

은나래가 멘트를 날리자 카메라가 의사를 잡는다.

—캐고스미아는 희귀 난치병.

—걸리면 세상의 모든 냄새가 악취가 된다.

—일상을 견디기 어려우면 후각신경 자체를 제거해야 한다.

—그렇게 되면 영원히 냄새를 못 맡는다.

의사 설명의 요지였다. 뇌종양이나 간질 등등의 요인이 있는데 손윤희는 뇌종양으로 인한 진단. 당시 찍은 영상을 볼 때 뇌종양으로 의심할 소지가 충분했다는 소견도 따랐다.

"바로 이 영상입니다."

은나래가 CT와 MRI 등을 가리켰다. 화살표 부분이 뇌종양으로 오해된 부분이었다. 손윤희의 증상과 더불어 진단하니 전문의의 80% 이상이 뇌종양으로 보았다는 설문조사도 곁들였다.

투병 생활 중의 에피소드들이 이어졌다.

출연진 중의 한 사람이 손윤희를 찾아갔다가 그녀의 향수에 구역질을 하는 통에 자기가 놀라 119에 같이 실려 갔다는 비하인드 스토리가 나오자 좌중이 숙연해졌다.

"그 고통은 진짜 며느리도 몰라요."

손윤희가 손사래를 쳤다.

"생각만 해도 몸서리가 쳐지는데 최고로 고통스러웠던 게 뭐예요?"

"먹고 싶은 거 못 먹고 좋은 사람들 못 만나는 거? 그 생활은 나날이 고문이자 감옥 생활이었어요."

"이 병이 나은 후에 제일 먼저 한 일은요?"

"바로 이거죠."

손윤희가 그녀의 시그니처를 꺼내 보였다.

"마릴린 먼로는 샤넬 NO.5를 입고 잤다는데 나는 이 향수를 마음껏 음미했어요. 내 몸의 모든 세포에 다 스며들도록."

치잇.

손윤희가 향수를 뿌렸다. 그녀만의 시위였다.

"자, 여러 정황상 빼박 뇌종양이었습니다. 캐고스미아가 거기서 비롯된 것으로 판단되어 후각신경 절제술을 하루 앞둔 저녁 시간, 우리 손윤희 선배님에게 기적이 일어납니다. 그 기적으로 손윤희 선배님의 뇌종양과 희귀 불치병을 완치의 길로 이끈 사람……."

화면에 향수가 잡혔다. 강토가 재현한 농부르 띠미드.

"닥터 시그니처를 소개합니다."

닥터 시그니처.

손윤희가 붙여 준 강토의 애칭이 공식화되는 순간이었다.

* * *

강토가 등장했다.

짝짝짝.

방청석 쪽에서 박수가 터졌다.

상미와 다인, 그리고 준수였다. 그 옆에 자리 잡은 채송화와 이해수도 박수가 뜨겁다. 물론 할아버지와 방 시인의 박수도 쉬지 않았다.

하지만.

가장 뜨거운 박수는 손윤희였다. 스튜디오 중앙의 그녀는 기립한 채 강토를 맞았다. 강토에 대한 최고의 예우였다.

"닥터 시그니처, 그런데 우리가 아는 닥터는 아니군요?"

은나래가 손윤희를 돌아보았다.

"제 병을 고치게 해 주었으니까요. 제게는 이 세상 어떤 닥터보다 명의십니다."

"어떻게 생각하세요?"

은나래가 강토에게 소감을 물었다.
"영광입니다."
"아직 학생이시라면서요?"
"조향학과 졸업반입니다."
"손 선배님, 그 향수 말이에요, 우리 강토 학생이 재현한 게 명작 향수였다죠? 포뮬러가 사라져서 많은 전문가들이 재현에 실패한……."
"맞아요."
"그런데 우리 강토 학생이 이걸 재현했다고 합니다. 게다가 또 다른 능력도 있다고 하던데?"
"천재적인 후각요. 제가 뇌종양이 아니라는 것도 강토의 후각에서 출발한 거거든요."
"그렇다면 본인은 어떻게 생각하세요? 그 어려운 향수를 어떻게 재현할 수 있었나요?"
"그건 이모님 소원이었습니다. 후각신경을 제거하기 전에 그 향수를 한 번만 더 맡아 보고 싶어 하셨죠. 하지만 재현이 불가능하다기에 제가 도전해 본 겁니다. 다행히 소분된 병 속에 말라붙은 향 분자가 제대로 분석되었던 것 같습니다."
"여러분, 그거 아세요? 조향사가 되려면 꼭 필요한 능력?"
은나래가 출연진을 바라보았다.
"조향사 하면 후각이죠."
"나는 돈. 그거 하려면 유럽 조향 학교 유학 정도는 다녀와야 한대요."

"어헛, 조향사는 예술가예요. 그렇다면 뭐니 뭐니 해도 영감이지."

출연진의 설전이 이어진다.

"본인 생각은 어떻습니까?"

은나래는 강토의 정리를 원했다.

"셋 다 필요하다고 생각합니다."

"어머, 이 학생 이제 보니 예능 체질이네. 단 한마디로 우리 출연진 전부의 교집합을 집어내잖아요?"

"핫하하."

출연진이 박장대소를 하며 좋아했다.

"그럼 말이죠? 본인은 그중에 몇 가지를 갖췄다고 생각하죠?"

"그 대답은 향수로 하면 안 될까요?"

"향수? 손윤희 선배님의 시그니처 말입니까?"

"그거 말고 몇 개 더 준비를 했습니다."

강토가 향수 세 병을 꺼내 놓았다.

—손윤희를 위한 두근두근 설렘으로.

—장 피디가 주문한 월하향 달빛 속삭임.

—그리고 완전판으로 나온 천년후에.

"우왓, 이게 다 학생의 작품인가요?"

"네."

"잠깐만요, 이거 시향을……."

"잠깐."

은나래가 뚜껑을 열려 하자 터줏대감 출연자 우영자가 육중한 몸으로 달려 나왔다.

"나래, 너는 향수 잘 모르잖아? 시향은 이 언니가 맡아 줄게."

"왜 이러세요? 저 후맹 아니거든요."

"후맹은 아니지만 몸맹이잖아? 시향은 가능하지만 몸에는 뿌릴 수 없는 운명."

"아, 진짜, 그런 걸 시청자들 앞에서 까발리면 인권 비하인데, 나 인권위 찾아가?"

"이 정도 일을 가지고 인권위 들먹이면 진행자 갑질이지."

"옴마야, 저번 방송에는 언니가 나보다 분량이 더 많던데 무슨 갑질. 언니야말로 장수 출연진이라고 나 물 먹이는 거 전문이잖아?"

"그래서? 네가 나보다 향수 잘 알아? 나 자칭 타칭 향수 마니아로 뽑혀서 프랑스 그라스 향수 축제 방송도 다녀온 거 몰라?"

"그건 인정."

은나래가 물러섰다.

"으음, 완전 퍼퓸이네?"

병을 집어 든 우영자는 감정(?)부터 했다.

"퍼퓸? 그럼 향수가 다 퍼퓸이지, 영어로 퍼퓸."

은나래가 살짝 장단을 맞춰 준다.

"너는 그래서 나한테 안 되는 거야. 향수에도 등급이 있거든. 퍼퓸, 뚜왈렛, 코롱… 그렇죠?"

우영자가 강토를 바라보았다.

"맞습니다. 향료 비율에 따라 이름을 붙이는데 퍼퓸이 가장 오래가는 향수입니다."

"닥터 시그니처, 그럼 부탁합니다."

강토 설명이 끝나자 우영자가 시향을 청했다.

시향은 향수를 꺼내 놓은 순서로 했다. 수선화와 인동에 옥잠화 포인트를 넣은 두근두근 설렘이 스타트. 그 향을 들이켠 우영자의 고개가 향에 취한 사람처럼 덜커덕 내려갔다.

"언니, 이거 술 아니거든."

은나래가 우영자를 부축하는 몸 개그를 펼친다.

"말리지 마. 나 심장 뛰는 거 안 보여? 아아, 다시 단발머리 소녀 시절로 돌아간 것 같아."

"아이, 참, 이 언니가 좀 뻥카가 심하거든요."

또 다른 출연자가 나왔다. 그러나 그녀의 표정도 복사판으로 멈춰 버렸다.

"혹시……."

강토가 은나래를 바라보았다.

"왜? 왜요? 시향자들이 너무 무례해요? 체인지할까요?"

"그게 아니고… 혹시 스튜디오의 온도를 낮출 수 있을까요?"

"이유가 있나요?"

"향수 때문에요. 기온이 살짝 낮아지면 매력이 조금 더 살아나거든요?."

"피디님, 들으셨죠?"

은나래가 스튜디오 구석에 대고 소리쳤다. 바로 에어컨을 틀어 대니 기온이 떨어졌다.

치잇.

다시 향수가 토출되었다.

"어머, 진짜?"

"그렇네? 은은함이 한층 더 깊어진 것 같아."

우영자와 출연진이 몸서리를 친다. 옥잠화 때문이었다. 아까 말하지 않은 건 이 순간 때문이었다. 사소한 반전에 놀란 출연진 일부가 블로터를 가져가 다른 출연진에게 들이미느라 정신이 없었다.

다음은 달빛 속삭임 월하향이었다.

앞선 향수의 하트노트로 쓰인 수선화와 옥잠화의 감동이 살짝 이어진다. 가교는 화이트 재스민이다. 월하향이라는 이름은 달빛 아래 퍼지는 꽃향기라는 뜻. 화이트 재스민과 옥잠화 구성이 너무나 자연스러웠으니 그 은은함 위로 달달한 월하향이 선명하게 부각되었다.

이 향은 사람의 기분을 즐겁게 만든다. 처음에는 풀잎처럼 싱그럽지만 폭풍처럼 들이치는 강력한 향의 중독. 그러면서도 흠뻑 빠져드는 진한 달무리처럼 크리미한 월하향의 매력을 부드럽게 펼쳐 주는 초콜릿 덕분이었다.

전체 향을 조화롭게 하는 베이스노트에는 사향이 들어갔다. 블랑쉬의 그것이었다. 월하향 자체에도 이성 유혹의 향 분자가 존재하니 사향을 만나 더욱 풍성해지고 있었다.

"나도 끼워 주세요."

여기서 돌발이 나왔다.

장 피디가 올라온 것이다.

"어, 피디님, 제 허락 없이는 안 돼요."

은나래가 피디를 막는다.

"허락 안 해 주면 나래 씨 분량 통편집으로 날릴 겁니다."

"어머, 이거야말로 갑질이네. 나 인권위에 진정 낼래."

은나래가 분위기를 띄우는 동안 장 피디도 블로터를 받아 들었다.

월하향.

그녀의 주문이었다. 그렇기에 출연하기 전에 같은 노트의 명품들을 시향 하고 왔다. 심지어는 주머니에도 넣어 왔으니 결국 그걸 꺼내 대조까지 하는 장 피디였다.

"……."

그녀는 차마 평을 하지 못했다. 그냥 향에 취해 버린 것이다. 연기가 아니었다.

"나 다시 소녀적 사랑에 빠질 거 같아. 내가 향수를 좀 아는데 여기 사향이 들어간 거 같아. 그렇죠? 닥터 시그니처?"

우영자에게서 돌발 질문이 나왔다.

블랑쉬의 사향.

그때는 거래가 자유로웠지만 지금은 거래 금지 품목이다. 그렇기에 글로벌 조향사들도, 설령 천연 사향을 넣는다고 해도 밝히지 않고 있었다.

강토가 그걸 모를 리 없었다.

"사향 유사 향을 베이스노트로 썼습니다."

슬쩍 돌아갔다.

"그렇죠?"

"안젤리카 식물의 뿌리 성분이죠. 그것 외에 알레우리틱산에서 나온 암브레톨리드를 사용하기도 합니다."

"와우, 저 해박. 찐 닥터 시그니처 인정."

강토의 해박한 설명에 우영자가 녹아났다. 학생이라고 헐렁하게 보다가 정신이 번쩍 든 것이다.

"자, 여러분은 지금 향수에 녹아 체통을 잃어 버린 한 여인을 보고 계십니다. 아무래도 선수 체인지?"

은나래가 슬쩍 우영자를 자극한다.

"노, 노노노."

우영자가 단호히 거부 의사를 밝혔다.

"우리 영자 언니가 가련한 관계로 그냥 진행합니다."

은나래가 넘어가자 강토가 마지막 향수를 집어 들었다.

「완전판 천년후에」

그러자 방청석의 상미와 다인도 그 향수를 꺼내 들었다. 둘의 향수는 완전판이 아니었다. 그러나 강토에게 들은 바가 있으니 저 순간의 감성을 따라가는 것이다.

치잇.

향수가 블로터를 향해 향 분자를 토출했다.

치잇.

한 번을 더 뿌렸다.

'블랑쉬.'

주변으로 번져 가는 향 분자를 보며 속삭였다.

—그라스의 작업장에서 착취당하던 너의 천재성.

—이제 마음껏 발산해 봐.

—여기서는 누구도 너의 천재성을 착취하지 못할 테니까.

—세상을 다 매혹시켜 버리는 거야.

강토의 블로터가 우영자에게 넘어갔다.

"……!"

우영자의 오감은 한순간에 얼어붙었다. 기막히게 신선하고 청량한 오렌지와 로즈마리의 톱노트 때문이 아니었다. 장미와 패랭이, 그래고 재스민…….

이 구성은 낯설지 않았다. 알고 보면 앞서 시향 한 두 향수와 가닥이 이어진다. 그러나 감동의 결이 달랐다. 절대 순수에서 설렘을 거쳐 다시 벅찬 열정으로 돌아간 것이다. 그러니까 이 향수들은 각기 다른 특성 속에서 연결되고 있었다.

게다가.

「심오」

향에 몰두하다 보니 그런 울림이 났다.

'뭐야.'

우영자의 오감이 멋대로 쏠리기 시작했다.

허공에서 연주 소리가 들린다.

그라지오소—우아하게

아마빌레—사랑스럽게

그리고 브릴란테—화려하게

기막힌 이미지 연결에 할 말을 잃어 버렸다.

갖고 싶어.

가지고 말 테야.

치잇치잇.

우영자는 쉴 새 없이 향을 분사했다. 그 향에 묻히고 싶었다.

"언니."

은나래가 그녀의 팔을 슬쩍 건드렸다.

"후아."

우영자는 그제야 정신이 돌아왔다.

"닥터 시그니처, 닥치고 인정."

그녀가 강토 얼굴을 찌를 듯 엄지를 세워 주었다. 그 엄지 뒤로 시계가 보였다. 강토가 계산한 두 시간이 경과하고 있었다. 강토 시선이 출연자들을 향했다.

'일어나라.'

마음속으로 명하자 놀라운 일이 벌어졌다.

"우리도 시향 좀 하자고요."

출연진이 몰려나온 것이다. 강토의 기억이 대기실로 돌아갔다.

치잇치잇.

향수를 뿌렸었다. 그녀들의 옷에, 살에 넉넉히 닿도록 뿌렸다. 이 향수는 퍼퓸이다. 그것도 최상의 퍼퓸. 그러니 그때 향보다 2—3시간이 지난 지금이 절정이었다. 그 절정기에 같은 향수가 나오니 참을 수가 없게 된 것이다.

출연자들이 앞다투어 시향에 들어갔다.

감탄 소리가 스튜디오에 가득 찬다.

블로터를 서로 잡으려고 하는 바람에 녹화가 두 번이나 멈췄다.

블랑쉬의 위엄이다.

이제 겨우 첫선을 보인 그 위엄.

그러나 이 스튜디오를 장악하기에는 충분하고도 남았다.

"이거 어디서 팔아요?"

막내 출연자의 생뚱맞은 질문으로 시향이 끝났다.

그러나 출연자들은 쉽게 자리로 돌아가지 못했다.

결국 20분을 더 쉬고서야 겨우 정리가 되었다.

방청석에는 희비가 교차하고 있었다.

나란히 앉은 두 사람이다.

유쾌하는 완전히 고무된 얼굴이고 이창길은 불쾌한 표정이었다.

상미와 다인, 준서는 거의 숨을 죽인 상태였다.

강토의 실력은 이미 알고 있었다.

그러나 방송이다 보니 긴장하지 않을 수 없었다.

"우리 출연진, 오늘 아주 넋이 나갑니다. 여자들은 역시 향수에 맥을 못 춘다니까요."

은나래가 분위기를 띄운다.

"좋은 향수에만."

듣고 있던 우영자가 정정 멘트를 날렸다.

"알았어요, 알았고요. 그럼 우리 언니들 시향이 제대로 맞는 건지 아니면 과장에 오버액션인지 진짜 전문가를 모시고 알아보겠습니다. 나와 주세요."

은나래의 멘트와 함께 두 전문가가 등장했다.

제이미와 오연지 팀장이었다.

제이미가 소개되었다.

이창길의 표정에 생기가 도는 게 보였다.

두 사람의 화려한 스펙이 나가고 감평의 순간이 되었다.

치잇.

향수가 블로터를 적신다.

블로터를 가볍게 흔든 후에 코와 일정 거리를 두고 시향 하는 제이미와 오 팀장.

코박킁까지 시도하던 출연자들과는 포스부터 달랐다.

출연자들이 숨을 죽인다.

손윤희도 긴장하는 순간이었다.

"……!"

오연지와 제이미.

두 사람의 후각은 마지막 향수에서 멈췄다.

「심오」

우영자의 심금을 흔들던 그 이미지였다.

이 향의 울림은 깊었다.

그러나 투명하다.

향 분자 하나하나를 기막히게 다룬 것이다.

그런데 그것으로 끝이 아니다.

뭔가 아련하게 잡아 끄는 것이 있다.

하지만 그것만은 오 팀장도 구체화하기 어려웠다.

"그럼 두 분 전문가의 평을 들어 보겠습니다."

은나래가 둘의 몰입을 깼다.

"세 향 다 굉장히 안정되었네요. 학생 솜씨답게 요령을 피우지 않으면서도 학생 솜씨답지 않게 세련되고 프로페셔널합니다. 수선화와 인동덩굴은 세련된 수준이 높아 진짜 순수의 세상에 들어갔다 나오는 기분이었습니다."

짝짝.

출연진과 방청석의 박수가 쏟아진다.

"월하향 투베로즈 역시 범상치 않습니다. 많은 월하향을 경험해 보았지만 이처럼 월하향을 부드럽고 달콤한 파우더리로 해석한 작품은 드문 것 같습니다. 하지만 세 작품의 백미는……."

오 팀장의 시선이 마지막 향수로 향했다.

"여러분도 아시다시피 향수에는 세 가지 노트가 있습니다. 톱노트와 하트노트, 그리고 베이스노트… 오늘 강토 학생이 들고 나온 작품은 각기 다른 매력의 향수지만 마치 하나의 향수를 에피소드처럼 즐기는 듯한 착각까지 들었습니다. 그중에서도 이 마지막 작품이 하트노트에 해당될 것 같은데요? 뭐라 형용하기도 전에 장미 향와 제비꽃의 하모니가 뇌를 장악해 버리는 느낌입니다. 조금 과장하자면 심오하다고 할까요? 꽃의 숨결을 이토록 투명하게 살리는 향은 저도 처음이네요. 따로 또 같이, 강토 학생의 의도였나요?"

오 팀장이 강토를 바라보았다.

"첫 향수는 의도하지 않았지만 향이란 통하는 점이 있으니 이미지를 이어 보았습니다."

강토가 동의를 했다.

"우와."

방청석의 상미와 다인이 탄식을 삼켰다.

여름방학이 끝나기 무섭게 강토는 또 진화를 하고 있었다.

"두 번째 향수… 혹시 우리 꽃 옥잠화 에센스가 들어갔나요?"

오 팀장이 물었다. 그녀가 준 것이니 알아차리는 것이다.

"이모님의 시그니처와 대조를 이루려다 보니 변조제 역할을 맡겼습니다."

"그럼 혹시 투베로즈에도 변조제를 썼나요? 바닐라만으로는 이렇게 부드러운 달콤함을 내기가 어려웠을 텐데……."

"초콜릿 향을 미량 첨가해 바닐라를 도왔습니다."

"그렇군요. 제 총평은 '상상을 밀어내는 영감'이라는 말로 대신하겠습니다. 감히 말씀드리자면 이 자리의 향수는 명품과 비교해도 뒤지지 않을 것 같습니다."

"와우."

"우와."

출연진이 몸서리친다.

상미와 다인도 바짝 고무된다.

방 시인 옆의 할아버지 목에 힘이 들어가는 건 두말할 나위도 없었다.

"그럼 제이미 선생님의 감상평은 또 어떨까요?"

공이 제이미에게 넘어갔다.

제이미.

강토는 알았다.

월하향 투베로즈보다도 크리미한 미소를 머금지만 그녀의 체취는 결코 크리미하지 않았다.

『달빛 조향사』 4권에 계속…